로또부터 장군까지 11

2024년 3월 21일 초판 1쇄 인쇄
2024년 3월 26일 초판 1쇄 발행

지은이 게르만
발행인 김관영

기획 박경무 강민구 임동관 조익현
책임편집 오영란
마케팅지원 유형일 장민정

발행처 (주)로크미디어
출판등록 2003년 3월 24일
주소 서울시 마포구 마포대로 45 일진빌딩 6층
Tel (02)3273-5135 Fax (02)3273-5134
홈페이지 rokmedia.com E-mail rokmedia@empas.com

© 게르만, 2023

값 9,000원

ISBN 979-11-408-2217-1 (11권)
ISBN 979-11-408-1132-8 04810 (세트)

로만부터
창고까지

게르만 현대 판타지 장편소설 **11**

CONTENTS

Chapter 1

그 말에 박선우가 어이가 없다는 듯 물었다.

"진심이냐?"

"예, 진심입니다."

그 말에 박선우의 눈에 힘이 들어갔다.

곧 죽어도 지기 싫다는 눈빛.

그 눈빛을 본 대한은 피식 웃음을 삼켰다.

이 양반 이거, 아무리 봐도 현역 때 지휘소 구축 안 해 본 티가 난다.

그러니 이런 반응을 보이는 거겠지.

'훈련 나가서 지휘소 구축하는데 굼뜨면 대대장한테 얼마나 욕을 먹는데.'

지휘관이 병력들을 지휘하는 곳인데 구축이 늦다?

훈련을 안 하겠다는 것과 같았다.

대한은 이런 경험을 해 본 적이 있었다.

'욕 많이 먹었었지.'

심지어 중위 때도 아니었다.

대위 시절의 이야기였으며 더는 욕먹기가 싫어서라도 엄청난 연습을 했고 신기록까지 세운 경험이 있었다.

"해. 근데 만약 너희가 못 하면?"

"그땐 선배님이 하셔야 하는 일까지 제가 다 하겠습니다. 저한테 미루고 싶어 하시는 그 일들 말입니다."

그 말에 박선우의 눈빛이 다시 한번 빛났다.

그래, 물어라.

이건 널 위한 미끼다.

그리고 아니나 다를까 박선우는 미끼를 물어 버렸다.

"나중에 딴말 하지마라. 네가 제안한 거다."

"물론입니다."

말을 마친 대한이 두 사람의 말을 듣고 있던 주변 예비군들에게 말했다.

"어떻습니까, 다들 동의하십니까? 만약 저희가 15분 안에 못 하면 이 자리에서 바로 훈련 종료하고 오늘 하루 무제한 휴식을 부여하겠습니다."

하나 돌아오는 대답이 없다.

이들 중 지휘소 구축을 해 본 자들은 아는 것이다.

협동심 있는 현역들이라면 15분이면 가능할지도 모른다는 걸.

그들이 대답하지 않자 대한이 박선우를 보며 물었다.

"다른 분들은 별로 내켜하지 않는 것 같은데 선배님이 동의 좀 받아 주십쇼. 그럼 바로 하겠습니다."

"동의 안 할 사람이 어딨어? 네가 강압적으로 물으니까 그러는 거 아냐. 그냥 해."

"그렇겐 안 됩니다. 일일이 다 듣고 오십쇼. 그리고 만약 저희가 성공했는데도 훈련 제대로 안 하시면 그땐 정말 퇴소시키겠습니다."

"하…… 딱 기다려."

박선우는 기어코 예비군들의 동의를 다 받아 왔다.

대한은 그제야 미소를 지으며 말했다.

"앉아서 잘 지켜보십쇼. 그게 오늘 마지막 휴식이 될 테니까."

그러고는 병력들을 데리고 텐트 앞으로 이동했다.

대한은 동원 훈련 전에 이미 병력들과 함께 연습을 해 놓은 상태였다.

'예비군들 훈련시키는데 현역이 모르면 안 되잖아.'

그것만큼 부끄러운 일도 없었다.

현역으로서 부끄럽지 않기 위해 병력들의 수준을 단기간에 최고 수준으로 올려놓았다.

훈련 방법도 간단했다.

타임어택.

실전처럼 최선을 다했고 계속해서 기록을 측정하며 단축을 위해 노력했다.

그 결과 놀랍게도 9분대 기록을 달성할 수 있었다.

'15분이면 완성하고 담배 한 대 피워도 시간 남겠네.'

대한이 병력들을 불러 모은 후 말했다.

"하던 대로만 해. 실수해도 괜찮아 시간은 충분하니까. 15분 안에 완료하고 하루 종일 열심히 쉬어 보자."

"예, 알겠습니다!"

파이팅을 불어넣은 대한은 이내 지휘소를 만들기 시작했다.

박선우는 그늘에 앉아 칼같이 시간을 측정했다.

그렇게 삼 분 정도 지났을 때 대한이 용마루를 들어 올렸다.

아직 완벽하진 않지만 텐트의 모습이 형성되기 시작했고 그것을 본 예비군들의 얼굴에 불안감이 엄습하기 시작했다.

"아니, 미친. 저게 벌써 올라가?"

"와…… 잘하면 성공하겠는데?"

"씁, 저거만 하면 끝인데…… 이러면 이거 나가리 아냐?"

"좆됐네."

예비군들의 감탄 아닌 감탄.

그리고 그들의 감탄이 이어질수록 초조해지는 건 박선우였다. 그도 그럴 게 대한이 정말로 성공할 것 같았으니까.

캉! 캉!

핀을 박는 대한의 오함마질은 수많은 작업을 겪었던 예비군들도 놀랄 정도였다.

순식간에 텐트가 팽팽해졌고 이내 병력들이 뛰어다니던 걸 멈췄다.

대한은 텐트를 한 바퀴 돌며 점검했다.

'이 정도면 완벽하지.'

시간을 확인해 볼 필요도 없었다.

예비군들의 표정만 봐도 성공했다는 걸 알았으니까.

대한이 박선우를 향해 한껏 미소를 지으며 다가갔다.

"완료 시간 얼마입니까."

"……8분 40초."

"오, 또 신기록 갱신했네."

대한은 8분여 동안 전력으로 지휘소를 구축한 병력들에게 엄지를 치켜들었다.

그러자 병사들이 환호성을 내질렀다.

한편, 예비군들은 죽을상이었다.

내기한 상황이었기에 이제부터는 밥 먹는 시간을 제외하고 쉬는 시간은 없을 것이 분명했다.

이곳저곳에서 한숨이 터져 나왔고 대한이 가볍게 웃으며 말했다.

"하이 리스크, 하이 리턴 아니겠습니까. 이제 리스크 감수하셔야 할 시간입니다. 얼른 일어나서 텐트 철수하고 훈련 시작하십쇼."

그 말에 박선우는 잠시 입술을 깨물더니 이내 예비군들을 통솔하기 시작했다.

예비군들은 곳곳에서 박선우 들으라는 듯 혼잣말을 빙자한 욕설을 내뱉었다.

박선우의 얼굴이 벌게진다.

그러나 그가 할 수 있는 건 아무것도 없었다.

대한도 얄짤 없이 봐주지 않았다.

내기는 내기였으니까.

'그러게 사회인씩이나 됐으면 가오 부리지 말고 협조 좀 하지.'

모든 것은 인과응보이니라.

대한은 병력들을 그늘로 옮긴 후 앉힌 뒤 휴식을 부여했다.

그러자 한 병사가 말했다.

"동원 훈련이 이렇게 편할 줄은 상상도 못 했습니다."

"군 생활 힘들게 할 필요 있냐. 편하게 해야지."

"역시, 중대장님이십니다."

대한은 그늘에서 땀을 닦으며 예비군들의 훈련을 흐뭇하게 바라봤다.

그로부터 1시간이 지났을 무렵.

예비군들은 여전히 휴식 한 번 없이 지휘소를 구축했다 치웠

다를 반복했다.

박선우는 말없이 가장 열심히 일했다.

그때 대한의 중대원 중 하나가 대한에게 슬쩍 다가와 말했다.

"저 중대장님?"

"응?"

"그…… 아무리 그래도 쉬는 시간을 좀 부여해야 되지 않겠습니까? 예비군 선배님들 슬슬 숨넘어가려고 하는 것 같습니다."

"흠…….."

"저희도 슬슬 가시방석이 되는 것 같습니다."

이런 착한 놈들 같으니.

근데 병사의 말도 맞긴 했다.

대한이 봐도 간당간당한 사람들이 몇 보였으니까.

'하긴, 현역도 아닌데 대부분은 사회에서 체력 관리를 안 하지.'

그렇기에 슬슬 당근을 제시해야겠다고 생각했다.

아무리 내기는 내기라지만 아직은 그들과 시간을 더 보내야 했기에.

그리고 무엇보다도 이제 더 이상 박선우가 깝치는 꼴은 없을 거라는 생각이 들었다.

대한이 자리에서 일어나 박선우에게 다가갔다.

"잠시 훈련 멈추겠습니다."

박선우는 이때다 싶어 예비군들에게 훈련을 멈추라 말했다.

예비군들은 빠르게 자리에 주저앉아 숨을 고르기 시작했고 대한이 박선우에게 말했다.

"내기 한 번 더 하십니까?"

내기라는 말에 박선우가 잠시 경계하더니 이내 조용히 묻는다.

"……무슨 내기?"

"시간 단축 가능하시면 20분 안에 지휘소 구축하는 걸로 내기 하시면 될 것 같습니다. 만약 성공하시면 즉시 훈련 종료해 드리겠습니다. 아, 그리고 기회도 무제한으로 드릴 테니 실패하시면 다시 도전하시면 됩니다."

이것은 내기를 가장한 훈련의 일종.

당근을 걸었으니 아마도 더 열심히 할 것이다.

그리고 당연히 박선우는 거절하지 않았다.

이게 자신한테 주어진 마지막 동아줄이었으니까.

"……알겠다."

그의 대답에 대한이 미소를 지으며 말했다.

"시작하실 때 말씀 주십쇼. 시간 측정하겠습니다."

"그전에 회의 잠깐만 하고 시작할게."

박선우의 눈빛이 변했다.

이번에 성공하지 못하면 동원 훈련 끝날 때까지 역적 취급을 받을 테니 그럴 수밖에 없을 터.

분위기만 보면 아마 한두 번 안에 훈련이 종료될 듯 했다.

그때, 훈련장으로 차량 한 대가 올라왔다.

뭐지?

이 시간에 올라올 차가 있나?

대한은 차량을 유심히 지켜보다 그게 1호차라는 걸 확인하자마자 바로 움직였다.

아무래도 훈련 잘하고 있나 확인차 박희재가 순찰 나온 듯했다.

대한이 곧장 1호차를 경례하자 손 하나가 1호차 창문에서 나왔다가 들어갔고 차에는 예상대로 박희재가 내렸다.

"충성! 훈련 중 이상 없습니다!"

"어, 쉬는 중이었어?"

"현역들만 휴식 중입니다."

"왜? 예비군들은 휴식 안하고?"

대한은 예비군들을 가리켰고 박희재는 예비군들이 텐트 앞에서 진지하게 회의를 하는 모습을 보고는 어이가 없다는 듯 말했다.

"이건 뭔 시츄에이션이냐?"

"이번엔 20분 안에 성공시켜 보겠다고 작전회의 중입니다."

"……알아서 훈련 중인 거라고?"

"예, 저는 시간 측정을 해 주기 위해 대기 중입니다."

그 말에 박희재가 헛웃음을 터뜨렸다.

"넌 무슨 예비군까지 조련을…… 무슨 인간 훈련사냐?"

그 말에 대한이 옅게 웃으며 물었다.

"시원한 물 좀 드립니까?"

"아니, 괜찮아. 마시고 왔다."

"훈련 잘하고 있는지 보러 다니시는 겁니까?"

"그건 부하 못 믿는 지휘관이나 하는 짓이잖아. 내가 언제 그런 짓 하는 거 봤냐? 그냥 너한테 말해 줄 거 있어서 왔다."

역시 박희재였다.

근데 무슨 말이길래 전화가 아니라 여기까지 온 거지?

박희재는 주변에 병사들이 많다는 걸 확인하고는 대한을 따로 불러냈다.

그리고 목소리를 낮춰 말했다.

"좀 전에 김홍식 아버님이랑 통화하고 왔다."

아.

김홍식 아버님.

그럼 목소리를 낮출 수밖에 없지.

대한이 반문했다.

"그러셨습니까?"

"그래, 도움 주셨는데 가만히 있을 순 없잖냐. 고맙다고 말이라도 해야지. 무튼 대대장실에 홍식이 불러서 아버님께 전화하라고 했고 통화도 좀 했다. 근데 너, 정말로 홍식이 아버님 직업 몰랐어?"

"예, 전혀 몰랐습니다. 그냥 자영업이라고만 적혀 있었고 홍식이도 자기 개인 정보를 좀처럼 말 안 해서 좀 답답해하고 있었습니다."

"놀라지 말고 들어. 그 변호사가 괜히 그냥 간 게 아니더라. 홍식이 아버님이 무려 서울중앙지검 차장검사 출신이라고 하시더라."

"……예?"

대한은 검사들이 가는 요직은 잘 알지 못했다.

하지만 서울중앙지검은 잘 알고 있었고 차장검사라는 위치 또한 알고 있었다.

게다가 그런 사람이 차린 법률사무소면 얼마나 대단한 곳일지도 예상이 갔다.

그런데 그런 아버지를 두고 자영업자라고 적다니.

'숨길 게 따로 있지…… 이런 건 밝혀야 좋은 거 아닌가?'

김홍식의 행동이 이해되지 않았다.

하나 중요한 건 지금 자신에게 엄청난 기회가 주어졌다는 것.

바로 법조계 인맥을 다질 수 있는 그런 기회 말이다.

'살면서 변호사 한 명쯤은 알고 있어야 한다고 생각했는데 이런 식으로 인연이 이어지네.'

심지어 밑에 데리고 있는 부하의 아버님이니 명분도 좋다.

대한은 다시 한번 김홍식과 축구를 했던 스스로를 칭찬했다.

그때, 박희재가 대한의 어깨를 두드려 주며 말했다.

"병력 지휘하는 데 괜히 부담될까 봐 말 안 하려고 했는데 너라면 괜찮을 것 같아서 이야기한다. 혹시라도 부담되면 말해라. 내 운전병이나 시킬 테니까."

아무래도 박희재는 대한이 김홍식을 어려워할 것을 걱정하는 것 같았다.

천만에 말씀.

대한은 그저 땡큐였다.

그렇기에 얼른 고개를 저으며 말했다.

"아닙니다. 절대 부담 느낀 적 없습니다. 그리고 병사 아버지 직업이 어떻든 간에 홍식이가 제 부하라는 건 여전히 변하지 않는 사실이고 홍식이 아버님 직업으로 홍식이를 더 특별 대우할 생각도 없습니다. 괜찮습니다. 대대장님."

대한의 대답에 박희재는 예상했다는 듯 피식 웃으며 말했다.

"너라면 그럴 줄 알았다. 그래도 힘들면 언제든지 말해라."

"예, 알겠습니다. 신경 써 주셔서 감사합니다."

대화를 마친 두 사람은 다시 위치를 옮겨 그늘 아래서 예비군들을 구경하기 시작했다.

그때, 준비를 마친 박선우가 비장한 눈빛으로 대한에게 신호를 주었고 대한은 바로 시간 측정을 시작했다.

"그럼 바로 시작하겠습니다!"

외침과 함께 예비군들이 움직이기 시작한다.

다시 시작된 재도전.

그러나 20분이 다 되어 갈 무렵, 박선우가 예비군들에게 말했다.

"여기까지 하고 다시 하겠습니다. 다시 원복하시죠."

아무래도 실패할 것 같은지 바로 포기하고 원위치를 명령했다.

그러자 예비군들도 겸허히 결과를 인정하고 아쉬운 표정으로 텐트를 해체하기 시작했다.

박희재는 그런 예비군들의 행동을 보며 황당함에 웃었다.

"대한아, 지금 내가 보고 있는 게 실제 상황이냐? 시간 안에 못 했다고 알아서 해체하는 거야? 예비군이?"

"예, 그렇습니다."

대한의 대답에 박희재가 입을 반쯤 벌리며 물었다.

"······무슨 최면이라도 걸었냐? 내가 아는 예비군들은 절대로 저럴 리가 없는데?"

"이런 건 그냥 믿음으로 훈련하는 거 아니겠습니까."

"······네 말대로면 교관은 왜 필요하겠냐, 아무튼 너한테 본부중대 맡기길 잘했다는 생각이 드는구나."

"감사합니다."

대한은 일부러 모든 걸 말하지 않았다.

예컨대 20분 안에 완성하면 훈련 종료 같은 사실들 말이다.

이윽고 박희재가 흡족함에 고개를 끄덕이며 말했다.

"그래, 마저 고생하고 부상자 안 나오게 조심해라. 이왕 나온 김에 다른 훈련장도 가 봐야겠다."

"예, 알겠습니다. 충성!"

대한은 박희재가 가는 것을 확인하고는 곧장 중대장들에게 전화를 돌려 박희재가 떴다는 사실을 알렸다.

－고맙다.

－땡큐.

－역시 에이스.

그러자 저마다 대한에게 엄지를 치켜들었고 대한은 가볍게 점수를 딸 수 있었다.

그쯤 예비군들의 두 번째 도전이 시작됐다.

결과는 성공.

대한이 통과를 외치자 잔뜩 긴장하던 예비군들이 환호성을 내질렀다.

박선우도 포함이었다.

대한이 진심으로 기뻐하는 박선우에게 다가가 말했다.

"고생하셨습니다. 선배님."

"고생은 무슨…… 이 정도는 쉽지."

"예, 그래 보였습니다. 그나저나 얼른 그늘로 가서 쉬십쇼, 전투복이 땀으로 다 젖으셨습니다."

대한의 말에 박선우가 복장을 확인하고는 웃음을 터트렸다.

"진짜 오랜만에 땀 많이 흘려 본 것 같다."

"개운하지 않으십니까? 그런 의미에서 예비군들 훈련장 벗어나지 않게 통제만 좀 부탁드리겠습니다. 전 그동안 밑에 내려가서 마실 거라도 좀 사 오겠습니다."

"알겠다. 시원한 걸로 부탁한다."

"예, 알겠습니다."

한바탕 땀을 흘리고 나서였을까?

두 사람의 말투가 상당히 부드러워졌다.

대한은 그 이유를 안다.

박선우가 더 이상 자신을 무시하지 않고 완전히 인정했기 때문이란 걸.

'무시할 걸 무시해야지.'

대한은 병사들에게 텐트 정리를 지시한 뒤 바로 피엑스로 내려갔다.

그리고 피엑스에서 바구니 가득 음료와 아이스크림을 담고 있는 진홍길과 김홍식을 발견할 수 있었다.

대한이 물었다.

"보급관님? 여기서 뭐 하십니까?"

"어, 중대장님? 여긴 어떻게 내려오셨습니까. 제가 서프라이즈로 올라가려고 했는데."

"이야, 역시 우리 보급관님입니다."

"중대장님 고생하는데 보급관이 이 정도는 해야죠."

진홍길은 바구니에 넘치도록 아이스크림을 담은 뒤 개인 카드로 결제했다.

대한은 본인이 한다고 그의 행동을 막아서려 했으나 진홍길의 말에 카드를 꺼낼 수가 없었다.

"중대장님 월급 뻔히 아는데 뭘 계산하신다고 그러십니까? 대위 달고 많이 사 주십쇼."

"하하, 저 대위 달면 이 부대에 없을 텐데 괜찮으시겠습니까?"

"거 너무 서운하게 말씀하시는 거 아닙니까? 다른 부대 가면 안 볼 겁니까? 집도 대구시면서 집 올 때마다 얼굴 좀 보여 주십쇼."

"하하, 알겠습니다."

대한은 그의 호의를 기분 좋게 받아들이며 피엑스 봉투를 들었다.

이윽고 대한은 두 사람과 함께 훈련장으로 향했고 올라가는 동안 대한이 김홍식에게 말했다.

"홍식아, 대대장님한테 다 들었다."

"아, 제가 따로 말씀드리려고 했는데…… 죄송합니다."

"아니, 죄송할 건 없고. 멋있는 아버지를 두고 왜 이야기 안한 거야?"

사실 그게 제일 궁금했다.

잘나가는 아버지를 두고도 아버지를 숨길 이유가 없어 보였으니까.

무슨 사연이라도 있나?

그 물음에 김홍식이 머리를 긁적이며 입을 열었다.

"그냥 군대만큼은 혼자서 제대로 해 보고 싶었습니다."

"그게 무슨 말이야?"

"실은 아버지께서 도움 줄 수 있다고 하셔서 일부러 말 안 한 겁니다."

"아."

그렇군.

아버지가 그 정도면 군대라고 아는 사람이 없겠나.

아니, 김홍식 아버지가 마음만 먹었으면 김홍식은 군 생활을 아주 편하게 할 수 있을지도 몰랐다.

하지만 김홍식은 그게 싫어서 일부러 말하지 않은 것.

그리 생각하니 김홍식이 갑자기 기특해 보였다.

"짜식, 축구만 잘하는 줄 알았더니 생각도 꽤 깊었네."

"하하…… 아닙니다."

"아니긴, 그나저나 아버님한테 대신 감사했다고 말씀 좀 전해 줘."

"예, 알겠습니다."

잠시 후, 훈련장에 도착한 세 사람은 예비군들에게 사 온 것들을 전달했는데 좀비처럼 널브러진 예비군들을 보며 진홍길이 의아한 표정으로 물었다.

"중대장님, 예비군들 상태가 왜 이렇습니까? 혹시 얼차려라도 부여하셨습니까?"

"하하, 얼차려까진 아니고 그냥 훈련을 좀 열심히 시켰습니다."

"……예?"

박희재와 같은 반응.

그러나 진홍길은 이내 다른 걱정을 시작했다.

"옷 찝찝할 텐데 괜찮으려나……."

역시 보급관.

보는 관점 자체가 다르다.

훈련을 열심히 한 예비군들은 전투복이 온통 땀으로 젖어 있었다.

지금 말리고 있긴 하지만 이렇게 놔둔다면 좀 있다 막사에서 대참사가 일어날 것이 뻔했다.

진홍길의 걱정에 대한이 말했다.

"그럼 지금 빨래라도 시킵니까?"

"괜찮겠습니까?"

"훈련은 더 안 할 겁니다. 이제 다 끝났습니다."

"예? 그래도 됩니까?"

"현역 도움 없이 예비군들끼리 지휘소 20분 만에 치는데 더 할 필요가 있겠습니까?"

"20분? 이야, 예비군들 실력 안 녹슬었네. 근데 그 정도면 우리 애들보다 더 괜찮은 거 아닙니까?"

"하하, 현역 자존심이 있지. 저희는 10분 안에 끊어 줬습니다."

대한의 말에 진홍길이 활짝 웃는다.

실리도 챙기고 명분도 챙겼으니 더 거절할 이유가 없었으니까.

"그럼 예비군들 통제 잠시만 하겠습니다."

"예, 편하게 하시면 됩니다."

진홍길은 예비군들을 모아 전투복 세탁을 제안했고 예비군들은 귀찮은 기색을 내비쳤으나 동원 막사에서 땀 냄새 맡고 싶지 않으면 그냥 조용히 따르라는 말에 너 나 할 것 없이 모두 전투복을 벗었다.

그러고는 다들 훈련장에서 멀리 떨어지지 않은 수송부로 이동해 빨래를 시작했다.

'날씨도 좋으니 금방 마르겠어.'

잠시 후, 예비군들이 땀을 씻어 낸 전투복들을 나무에 걸어놓고는 다시 휴식을 취했다.

진홍길이 만족스러운 표정을 짓자 대한이 다가가 말했다.

"바로 내려가십니까?"

"예, 빨래도 시켰겠다, 이제 제 업무하러 내려가 봐야죠. 참, 예비군들한테 지급된 장구류 잘 챙겼나 확인 좀 부탁드리겠습니다."

"예, 걱정 마십쇼."

진홍길과 김홍식을 내려 보낸 대한은 중대원들과 함께 훈련이 끝날 때까지 편하게 휴식을 취했다.

✳

그날 저녁.

대한은 박희재에게 보고한 뒤 조금 일찍 복귀했고 복귀와 동시에 1중대가 훈련하고 있는 장간훈련장으로 이동했다.

훈련장에는 이영훈이 이리저리 뛰어다니며 병력들을 통제하고 있었는데 어째 좀 버거워 보였다.

'내가 많이 그리울 거다.'

얼마간 이영훈을 지켜보던 대한이 슬쩍 다가가 말했다.

"중대장님, 좀 도와드립니까?"

"어? 대한아! 너 왜 이제 왔어!"

대한을 보자마자 울상을 지으며 와락 달려드는 이영훈.

대한이 이영훈의 등을 토닥여 주고는 물었다.

"그나저나 아직도 못 끝내시고 뭐 하십니까? 평가관도 없는데 일찍 끝내시지 그러셨습니까."

"후, 나도 그러려고 했지. 근데 대대장님이 오시더니 아직 이것밖에 못 했냐고 연습 좀 더 해야겠다고 하고 가셨는데 어떻게 일찍 끝내냐?"

"아, 그렇습니까?"

대한은 고개를 갸웃했다.

'박희재가 그런 말을 할 사람은 아닌데?'

이상했다.

그러나 이어진 이영훈의 말을 듣고는 박희재가 왜 그런 말을 했는지 알게 되었다.

"다른 훈련장 예비군들은 알아서 잘하는데 왜 여기만 이렇게 못 하냐고 하시더라."

"아……."

다른 훈련장이라 함은 본부중대 훈련장을 말하는 거겠지.

괜히 뜨끔했다.

그래서 대한은 나중에 이영훈이 이 사실을 알게 될 걸 대비해 조금 도와주기로 했다.

"제가 도와드리겠습니다."

"크…… 어쩐지 저쪽에서부터 빛이 나는 것 같더니 네가 구세주였구나."

그 말과 동시에 이영훈이 방탄을 벗는다.

이 양반 봐라?

대한이 물었다.

"……중대장님, 방탄은 왜 벗으십니까?"

"1중대장 대리 김대한 중위, 잘 부탁한다."

"같이하는 거 아니었습니까?"

"현장에 지휘관이 두 명이나 있으면 될 훈련도 안 돼. 알잖아?"

잘 알지.

근데 그거랑 이거랑 같나?

대한은 황당했지만 이내 고개를 저으며 주변을 둘러보았다.

그러자 시야에 땀을 뻘뻘 흘리며 핀을 치고 있는 하지웅이 보였다.

대한이 하지웅에게 다가가 말했다.

"하지웅."

"예! 아, 선배님?"

"핀만 보고 있지 말고 주변을 잘 살펴. 장간조들이 언제 다시 장간을 들고 올지 확인한 다음에 다른 것도 도와줘야지. 훈련 끝날 때까지 핀만 칠 거야?"

대한은 자연스럽게 지시를 내리기 시작했다.

그러자 하지웅이 목청껏 대답했다.

"죄송합니다!"

"죄송할 건 없고 처음 하는 건데 당연하지. 비켜 봐. 어떻게 하는 건지 보여 줄게."

대한은 하지웅과 자리를 교대하며 반대쪽을 확인했다.

반대쪽에는 베테랑 3소대장이 지루하다는 표정을 하며 지시를 하는 중이었고 이내 대한과 눈이 마주쳤다.

대한이 눈짓하자 일순 3소대장의 눈빛이 바뀌었다.

그리고 병력들을 향해 외쳤다.

"자, 지금부터 집중하십쇼! 금방 끝내겠습니다!"

장간은 어느 한쪽이 빠르게 완성이 될 수 없는 구조였기에 양쪽의 속도가 맞아야 했다.

3소대장은 이제야 속도를 낼 수 있겠다 싶어 전력을 다할 준비를 했고 이내 대한과 3소대장이 움직이기 시작했다.

까앙! 캉!

자재가 그들에게 도착함과 동시에 장간조립교가 쭉쭉 만들어졌고 두 사람은 핀을 박으면서도 다른 작업까지 순식간에 해냈다.

자재를 옮기는 병력들은 기계처럼 반복했고 지지부진하던 훈련은 순식간에 마무리되었다.

훈련이 마무리되자 이영훈이 다시 방탄을 쓰며 대한에게 다가왔다.

"크…… 역시 불꽃 중위네. 대한아, 이럴 게 아니라 그냥 장간 할 때마다 도와주면 안 되냐?"

"오늘은 여유가 있어서 왔는데 다음에도 여유가 있을진 모르겠습니다?"

"다신 안 온다는 소리처럼 들리네?"

"그렇게 들으셨다면 오해이십니다."

"자식이 벌써부터 매정하게 구네. 이제 나랑 있을 시간이 얼마나 남았다고 벌써부터 뒷방 늙은이 취급이야?"

이건 또 무슨 말이야?

대한이 물었다.

"그게 무슨 말씀이십니까?

"나 중대장 보직 곧 끝나. 몰랐냐?"

"올해 말까지 아니었습니까?"

"어, 12월에 다른 부대 가야지."

아.

결국 가는구나.

군대는 다 괜찮은데 이게 제일 별로다.

부대를 계속해서 옮겨 다니는 것.

좋은 사람 만나기가 힘든 군대였기에 대한은 아쉬움이 컸다.

'정확히는 좋은 사람이라기보단 내게 편한 사람이지.'

그래서일까?

대한은 잠시 고민하더니 좋은 생각이 떠올랐다.

"그냥 부대 남아 계셔도 되지 않습니까?"

"어떻게?"

"단에 자리 같이 비잖습니까."

그 말에 이영훈의 눈이 동그랗게 커졌다.

그러다 이내 입꼬리를 올리며 말했다.

"나도 그러고 싶지. 근데 내가 가고 싶다고 가는 거 아닌 거 알잖냐. 지금 단장님이 그때까지 계시면 말이라도 해 보겠지만 그쯤이면 단장님도 다른 부대 가시는데, 뭐."

역시.

이영훈도 부대에 남아 있기 위해 생각을 많이 한 것 같았다.

하지만 그의 말마따나 단장도 바뀌는데 자신이라고 무슨 힘이 있을까.

그나저나 잊고 있었는데 이원영도 슬슬 다른 부대를 가는구나.

'아쉽네.'

가장 가까운 방패들이 사라진다고 생각하니 아쉬운 감정이 많이 들었다.

대한이 아쉬운 기색을 보이자 이영훈이 피식 웃으며 말했다.

"넌 뭐 내가 다른 부대 가면 연락 안 할 것처럼 구나? 휴가 쓸 때마다 어머니 밥 먹으러 갈 거니까 집에 네 방 비워 놔."

"하하, 알겠습니다. 언제든 환영입니다."

"어? 진짜 간다?"

"예, 어머니도 좋아하실 겁니다."

"……너한텐 장난도 못 치겠다. 그나저나 떠나는 거 아쉬워하는 거 보니 이제야 좀 중위처럼 보이네."

그렇게 보인 건가?

근데 뭐 틀린 말은 아니긴 했다.

군 생활하면서 누가 떠난다는 사실에 아쉬움을 느꼈던 적이 거의 없었으니까.

'그만큼 이영훈과 많이 가까워졌다는 거겠지.'

대한은 이영훈과 함께 훈련을 마무리 지은 후 동원 막사로 내려왔고 진홍길에게 예비군들을 부탁한 뒤 그대로 대대 막사로 이동했다.

　　그리고 곧장 정작과로 향했다.

　　상황 근무에 들어가기 전 보고 싶은 사람이 있어서였다.

　　"충성!"

　　"어, 대한아. 오랜만이다."

　　여진수가 피곤에 찌든 얼굴로 대한에게 손을 흔들었다.

　　대한이 미소를 지으며 여진수에게 다가가 말했다.

　　"평가관도 안 왔는데 왜 이렇게 피곤해 하십니까?"

　　"말도 마라. 이럴 거 같으면 평가관이 오는 게 더 편하겠다. 안 오는 대신 보고하라는 게 산더미다."

　　아무래도 동원부대가 아닌 부대에 예비군이 오는 것이라 더 심한 것 같았다.

　　대한은 여진수가 하던 업무를 살피고는 빈자리로 이동해 업무를 돕기 시작했다.

　　여진수는 대한이 만들어 준 것들을 받아 업무를 빠르게 마무리했고 30분을 내리 집중한 뒤 한숨을 토하며 말했다.

　　"하, 끝났다. 고맙다, 대한아."

　　"과장님 고생하시는데 당연히 도와드려야죠. 흡연하러 가시겠습니까?"

　　"좋지."

여진수는 대한의 어깨에 손을 턱 올리고 흡연장으로 이동했다.

흡연장에 도착한 대한은 여진수에게 궁금했던 걸 질문했다.

"과장님은 언제 다른 부대 가십니까?"

"왜, 빨리 갔으면 좋겠냐?"

"아닙니다. 안 가셨으면 좋겠어서 여쭤보는 겁니다. 아까 1중대장이 올해 말에 다른 곳 가야 한다는 거 듣고 궁금해서 여쭤보는 겁니다."

"뭘 그런 게 궁금하냐. 부대 안 옮겨 봤어?"

"예, 아직 옮겨 본 적 없습니다."

"으, 짬 안 되는 놈. 아까부터 무슨 냄새가 난다 했더니 짬찌 냄새였구만? 그거 물어보러 정작과 왔던 거야?"

"하하, 그건 아닙니다. 상황 근무 하기 전에 일찍 내려온 거고 그냥 과장님 뵌 김에 여쭤보는 겁니다."

여진수는 대한을 보고 피식 웃어 준 뒤 담배를 깊게 빨았다. 그러고는 세상 아련한 표정으로 말했다.

"10월에 보직 끝나긴 하는데…… 글쎄다. 아직 이야기 나오는 곳이 없네."

갑자기 무거워지는 대화에 대한 또한 미소를 지웠다.

'이 양반처럼 잘나가는 사람이 갈 곳을 아직 안 정했다니.'

보통 유망한 군인들은 주변에 좋은 사람도 많고 육군 본부에서 관리를 해 주기 때문에 보직 걱정은 잘 하지 않는다.

걱정이라 해 봤자 이사 걱정이 다일 터.

그런데 여진수가 이런 고민을 할 줄이야.

대한이 여진수에게 조심스럽게 물었다.

"가실 곳 정해지셨던 거 아니셨습니까?"

"학사 출신이 그런 게 어디 있냐? 난 전역할 때까지 나 혼자 열심히 발로 뛰어야 해."

쩝.

여기서도 출신이 문제가 되다니.

안타까웠다.

여진수 같은 능력자도 이런 고민이라니.

'육사라고 여진수보다 군 생활을 잘하는 것도 아닐 텐데.'

마음 아픈 이야기였지만 여진수도 어렴풋이 예상은 하고 있을 것이다.

군 생활을 잘하는 만큼 군대를 잘 알고 있을 테니까.

아니나 다를까, 여진수가 씁쓸하게 웃으며 말했다.

"소령까지 1차 진급시켜 준 것만 해도 어디냐? 그래도 연금 받는 건 확정이니까 편하게 해야지."

"……."

여진수가 이렇게 이야기를 하는 걸 보니 이미 찾을 만큼 다 찾아본 것 같았다.

그럼 결국 보직 교체 시기에 빈자리를 찾아 들어가야 한다는 것도 알고 있겠지.

'소령 계급이 갈 자리 중에 빈자리는 진급이랑은 거리가 먼 자리일 텐데.'

그도 그럴 것이 중령 진급에 유리한 자리들은 이미 다 차지하고 있을 테니까.

'지휘관을 잘 만나길 빌어야겠네.'

대한이 억지로 미소를 띠우자 대한의 노력을 알아챈 여진수가 대한을 보며 피식 웃었다.

"야, 네 인생이야? 내 인생 이야기하는데 네 표정이 왜 이래? 내가 중위 걱정 받으며 군 생활해야겠어?"

"하하, 아닙니다. 걱정 안 했습니다. 왜 이렇게 약한 소리를 하시나 싶어서 이상하다 생각 중이었습니다."

"······뭐? 약한 소리?"

"예, 잘은 모르지만 1차 진급해서 정규과정까지 다녀오신 분이 할 말씀은 아닌 것 같습니다."

여진수는 대한을 어이없게 바라보더니 이내 웃음을 터트렸다.

"욕인지 칭찬인지 모르겠네. 자식아, 원래 보직 이동 시기 다가오면 마음 뒤숭숭하고 그런 거야. 하여튼 짬 안 되는 애들이랑 이야기하면 이게 문제야."

여진수는 담배를 버린 뒤 대한의 어깨에 팔을 올렸다.

"상황 근무나 똑바로 서."

"예, 확실하게 서겠습니다."

대한은 그대로 여진수에게 이끌려 정작과로 향했다.

거기서 쉬면서 근무를 기다리려 했던 대한은 여진수의 업무를 계속해서 도와야 했고 점호할 때가 되어서야 풀려날 수 있었다.

"점호 끝나고도 도와줄 거냐?"

"······도대체 업무를 얼마나 당겨서 하실 생각이십니까?"

"하하, 이제 그만할까?"

"도움 필요하시면 언제든지 도와드릴 테니까 과장님도 좀 쉬십쇼. 다크서클이 목까지 내려가겠습니다."

"큭큭, 약속한 거다?"

"예."

"알겠다. 고생하고."

아마 선을 긋지 않았다면 밤새도록 대한을 붙잡고 놔주지 않았을 테지.

대한은 한숨 돌린 후 점호를 실시했다.

현역들 대부분이 동원 막사로 이동해 있었기에 대대막사에서 할 일은 크게 없었다.

동원 훈련에 참여하지 않는 몇 안 되는 인원들만 담당하면 되었고 대한은 3분 만에 점호를 끝내고 내려왔다.

단에 점호 결과 보고를 한 뒤 잠시 휴식을 취하던 대한에게 김홍식이 찾아왔다.

"어, 홍식아. 동원 막사에 있어야 하는 거 아니야?"

"보급관이 잠시 가져갈 거 있다고 따라 내려왔습니다."

"아, 그래? 그럼 보급관님 도와드려야지 뭐 하고 있어."

"차에 짐은 다 실어 드렸고 보급관님 먼저 올라가셨습니다. 전 중대장님이랑 같이 올라가겠다 말씀드렸습니다."

대한은 고개를 끄덕인 후 의자를 밀어주었다.

"그럼 서 있지 말고 앉아."

"예, 중대장님."

"안 피곤하냐? 첫 훈련이잖아."

"최근에 운동을 많이 해서 그런지 피곤하진 않습니다. 다 중대장님 덕분입니다."

하긴.

대한과 한 달 동안 축구와 운동을 하며 김홍식의 몸은 확실히 좋아지고 있었다.

'하루에 4시간 이상을 뛰어다니는데 체력이 안 좋아질 수가 없지.'

운동량을 생각해보면 당연한 일이었다.

대한도 힘들 운동량이었지만 그 덕분에 김홍식의 첫 훈련이 힘들지 않았다니 참 다행이었다.

"자식이 이젠 이빨도 털 줄 알고…… 다 컸다?"

"하하, 아닙니다. 그보다 중대장님? 실은 중대장님께 드리고 싶은 말씀이 좀 있습니다."

김홍식의 진지한 표정에 대한은 이내 주변을 살핀 뒤 자리에서 일어났다.

아무래도 상황병들이 있는 곳에서 할 말은 아닌 것 같아서.

"중대장실로 가자."

"예, 알겠습니다."

대한은 중대장실 냉장고에서 음료를 꺼내 김홍식에게 건넸다.

그러고는 아무 말 없이 김홍식의 말을 기다렸고 이내 김홍식이 입을 열었다.

"전 아버지가 참 멋있는 분이라고 생각합니다."

"그래, 누가 봐도 멋있는 분이시지."

"예, 그래서 제가 가장 닮고 싶은 사람이기도 합니다. 근데 저는 아버지의 아들이지만 너무 안 닮았다고 생각했습니다."

김홍식의 아버지를 안 봐서 잘 모르겠지만 한 달 전의 모습이라면 확실히 그랬을 것 같았다.

하지만 지금의 모습 정도라면 충분히 닮지 않았을까?

대한은 자책하는 듯한 김홍식을 가만히 바라봤다.

김홍식은 계속 본인의 이야기를 꺼냈다.

"성격도 안 닮고 몸도 왜소했던 탓에 점점 제가 원하는 저의 모습과는 멀어져 갔습니다. 대학에 가 봐도 바뀌는 건 없었고 제대로 한번 바꿔 보기 위해 군대에 입대했습니다. 그리고 빡세다고 소문난 공병에 지원했지만 힘들기만 하고 바뀌는 건 없었습니다. 그래서 거의 포기하려던 찰나, 그때 중대장님이 절

구원해 주셨습니다."

"구원이라······."

구원.

왠지 모르게 낯간지러운 단어에 대한은 피식 웃었다.

그나저나 김홍식이 이런 생각을 하고 산 줄은 전혀 몰랐네?

그래서일까, 대한은 괜히 뿌듯함이 밀려왔다.

"그래서 일부러 개인 정보 다 비워 놓은 거구만?"

"예, 그건 죄송하게 생각하고 있습니다."

"아냐, 그래도 거짓말은 안 했잖아?"

"거짓말은 하면 안 된다 생각해서 최대한 애매하게 적었습니다."

"그래도 법률사무소 하는 아버지를 자영업이라고 하다니······ 무튼 이제 네가 느끼기에 스스로가 좀 바뀐 것 같아?"

"예, 전 지금 제 모습이 너무 좋습니다."

그래, 그거면 됐지.

다른 게 뭐가 그리 중요하겠나.

병사로 군에 들어와서 뭔가 얻어 가는 것이 있다면 그것만으로 성공한 군 생활이었다.

'적어도 내 밑에 있었던 애들은 군 생활에 대한 좋은 기억을 가지고 전역해야지.'

대한이 흡족한 표정으로 물었다.

"그럼 이젠 뭘 물어봐도 솔직하게 대답해 줄 거냐?"

"예, 뭐든 솔직하게 답변드리겠습니다."

"학교는 어디 다니냐? 자퇴 생각하고 있다며."

"저 서울대 다니고 있습니다."

"……뭐?"

대한은 그대로 동작을 멈췄다.

동시에 뇌도 동작을 멈춘 것 같았다.

'서울대도 자퇴한다는 사람이 있나?'

대한은 말릴까 싶다가도 이내 관두었다.

하버드 다니는 사람도 자퇴하는 사람이 있는데 서울대라고 그런 사람이 없겠는가.

'나 같은 평범한 사람이 걱정할 문제는 아니지.'

그래서 크게 놀란 티를 내지 않고 자연스럽게 대화를 이어 나갔다.

"그래, 뭐. 학교가 뭐가 그리 중요하겠냐. 근데 과는 어디냐? 아버지처럼 되고 싶었으면 법대?"

"과는 자율전공학부라 조만간 과를 결정하긴 해야 합니다. 그래서 좀 혼란스러웠던 것도 있었습니다."

"으흠, 그렇구만…… 그래, 한번 잘 생각해 봐. 근데 서울대면 내 동생 선배네."

"중대장님 동생분도 서울대이십니까?"

"이번에 수능 쳤는데 서울대 갈 것 같아. 걔 전교 1등이거든."

"와…… 전혀 몰랐습니다."

이런데서 동생 자랑을 하게 될 줄은 몰랐네.

대한이 민망함에 얼른 자리에서 일어나며 말했다.

"내가 살다살다 동생 자랑을 다 해 보네. 여튼 진로 관련해서 상담하고 싶은 거 있으면 언제든지 나 찾아오고 이제 슬슬 일어나자. 지휘 통제실 가서 마무리할 거 좀 하고 동원 막사로 가야지."

"예, 알겠습니다."

김홍식은 마음이 한결 가벼운 듯 웃으며 자리에서 일어났다.

그리고 자리를 뜨기 직전, 김홍식이 물었다.

"중대장님."

"왜?"

"혹시 동생분은 무슨 과로 진학하시는지 여쭤봐도 되겠습니까?"

"걔 변호사 될 거라고 법대 간다던데? 나한테 도움이 되고 싶다나 뭐라나. 왜?"

"아닙니다. 아무것도."

변호사.

그 말에 김홍식의 눈에 이채가 돌기 시작했다.

✳

동원 훈련 마지막 날.

대한은 아침부터 퇴소식 준비로 바빴다.

그도 그럴 게 사회를 맡게 되었기 때문.

'사회도 오랜만이네.'

여태 행사 계획은 많이 짜 줬지만 사회는 전부 고종민이 봤다.

하지만 이젠 대한이 봐야 할 때.

긴장은 되지 않았다.

사회 한두 번 보는 것도 아니고 이 정도 쯤이야.

어느 정도 외부 준비를 마친 대한은 행사 시나리오를 뽑기 위해 인사과로 돌아왔다.

그런데 대한의 자리에는 이미 행사 시나리오가 뽑혀 세팅이 되어 있었다.

"어라?"

"오셨습니까?"

마지막 상황 근무를 서고 잠시 졸고 있던 남승수가 기지개를 켜며 알은체를 한다.

그러더니 웃으며 대한에게 말했다.

"보니까 안 뽑아 놓으셨길래 제가 뽑았습니다."

"감사합니다. 근데 까먹은 건 아니고 마지막에 한 번 더 확인하는 게 습관이라 제일 마지막에 뽑으려고 했습니다."

그 말에 남승수가 피식 웃었다.

"완벽하신 분이 무슨 확인을 또 하십니까."

"하하, 완벽이 어딨습니까. 그저 완벽을 위해 연습을 하는 거죠."

그 말에 남승수가 흐뭇하게 웃는다.

역시 자신이 인정한 장교다운 대답이라는 생각이 들었기에.

대한 역시 뽑힌 시나리오를 확인하고 엄지를 들었다.

"깔끔하네요. 감사합니다, 담당관님."

"제가 더 감사합니다. 저한테 사회자 하라고 안 하시는 게 어딥니까."

"에이, 이건 제가 해야 될 일인데 뭘 어떻게 떠넘기겠습니까."

"군 생활하다 보면 그런 사람 많습니다. 그런 사람들 피하는 것도 복이죠. 그나저나 슬슬 강당 출발하셔야 하지 않습니까? 제가 애들은 보내 놨으니까 확인만 하시면 될 겁니다."

역시 남승수다.

같이 일한 지 얼마나 됐다고 이렇게 알아서 척척인지.

대한은 새삼 남승수를 만나서 참 다행이라고 생각했다.

'만약 남승수가 없었다면…… 어휴, 생각도 하기 싫다.'

아마 담당관이 해야 되는 일도 내가 다 해야 했었겠지.

대한은 행사 시나리오를 들고 서둘러 강당으로 향했다.

강당에는 인사과 계원들이 세팅을 다 해 놓은 상태였고 대한은 마이크 테스트만 마저 해 보고는 점검을 마쳤다.

'마이크만 잘되면 다른 건 신경 쓸 필요도 없지.'

대한은 계원들에게 고생했다고 말한 뒤 바로 동원 막사로 이동했다.

박선우가 예비군들을 집합시키고는 이동하려 하는 중이었고 대한이 박선우에게 다가가 말했다.

"위치 아십니까?"

"당연하지. 작년에 와 봤다니까. 그럼 출발한다?"

"예, 출발하시면 됩니다."

박선우는 어제의 일을 기점으로 대한을 대하는 태도가 완전히 바뀐 상태였다.

끝까지 오기 부리면 어쩌나 했는데 참 다행이었다.

물론 예비군들 복장 상태는 엉망이었지만…….

'바랠 걸 바래야지.'

물건만 안 잃어버리면 그저 땡큐일 뿐.

그런 의미에서 이번 동원 훈련도 여러모로 성공적이라는 생각이 들었다.

이윽고 거점 점령 훈련 장소에 도착하자 대한이 빠르게 설명하기 시작했다.

"이번 훈련은 거점 점령 훈련입니다. 편성된 진지로 빠르게 투입해서 전투 준비를 하면 끝나는 훈련으로 투입 완료 시간이 가장 중요합니다."

그 말에 예비군들이 조용히 한숨을 쉬었다.

어제의 기억이 떠올라서였다.

그들의 반응에 대한이 피식 웃으며 말했다.

"5분 드리겠습니다. 체력이 안 좋으시더라도 그렇게 멀지 않은 곳이기에 전력 질주를 하면 충분히 가능할 것이라고 생각합니다. 한 번에 통과하시면 퇴소식까지 휴식 시간 부여해 드리겠습니다. 이상입니다."

5분과 휴식 시간.

그 말에 예비군들의 눈빛이 변한다.

말을 마친 대한이 자리를 비켜주자 어제와는 다른 박선우가 예비군들에게 의지를 불어넣기 시작했다.

"자, 사장님들. 오늘은 한 번에 끝냅시다. 저번에 오신 분들은 아시겠지만 이거 몇 번 왕복하면 저희 진짜 죽습니다. 몸들다 푸시고 장구류 안 흘리도록 확실하게 챙기십쇼."

박선우의 말에 일부 예비군들이 공감한다는 듯 고개를 끄덕였다.

동시에 비장한 눈빛으로 준비를 시작했다.

대한도 현역들과 함께 몸을 풀었다.

대한이 병사들에게 말했다.

"다들 예비군들 뒤따라 올라가면서 장구류 흘리는 거 잘 챙기고 이상한 곳으로 가지 않게 잘 안내해 드려라."

"예, 알겠습니다!"

잠시 후, 박선우가 대한에게 말했다.

"출발한다?"

"예, 출발하시면 됩니다."

그와 동시에 예비군들이 자리를 박차고 뛰어가기 시작했고 대한을 비롯한 현역들 또한 그들의 뒤를 쫓았다.

그리고 그들을 뒤쫓으며 대한은 흐뭇함에 고개를 끄덕였다.

예비군들 모두 농땡이 부리는 사람 없이 필사적으로 훈련에 임했기 때문이다.

'진작에 이럴 것이지.'

심지어 박선우도 열정적이었다.

"1번 진지 가시는 분! 예, 좌측으로 쭉 가세요! 2번 진지! 거기 아닙니다! 더 깊이 가야 합니다!"

대한은 시간을 확인했고 무난히 합격을 예상했다.

박선우는 예비군들이 진지로 잘 들어가는지 확인을 한 뒤 본인의 진지로 뛰어갔다.

대한은 그를 빠르게 뒤쫓았고 그가 가야 하는 진지가 눈에 들어오기 시작했다.

그가 들어갈 진지는 고가 초소였다.

진지에 투입하게 되면 가장 편한 곳이긴 하지만 투입하러 뛰어가는 과정은 가장 힘든 곳이었다.

'고가 초소는 가장 높은 곳에 배치해서 시야를 확보하는 곳이니까.'

지금도 오르막을 열심히 뛰어 올라가는 중이었고 박선우의 다리가 느려지기 시작했다.

대한은 시간을 확인한 뒤 그에게 말했다.

"선배님, 1분 남았습니다."

"허억, 허억. 오케이!"

박선우는 막판 스퍼트하기 시작했고 이내 고가 초소 계단을 올랐다.

대한은 그제야 속도를 줄이며 호흡을 골랐다.

'여기까지 5분 만에 왔으면 다른 곳은 따로 검사할 필요도 없겠지.'

가장 뒤에서 뛰어오며 예비군들을 지휘했던 박선우였기에 다른 진지는 다들 투입해서 쉬고 있을 것이었다.

박선우가 난간을 잡아당기며 힘차게 계단을 오르기 시작했다.

그런데…….

'저게 왜 저렇게 심하게 흔들리지?'

박선우가 계단 난간을 잡아당길 때마다 심하게 흔들렸다.

걱정되는 건 박선우가 호흡이 가쁜 나머지 그걸 인지하지 못하고 있다는 것.

대한이 외쳤다.

"선배님, 난간 잡지 마십쇼."

"하아…… 뭐?"

숨을 헐떡이던 박선우가 난간에 기대었고 대한은 미친 듯 계단을 뛰어올랐다.

박선우는 대한이 갑자기 뛰어 올라오자 고개를 갸웃거렸다.

"왜 그래?"

대한은 대답도 하지 않고 달려왔다.

그때였다.

텅.

무언가 떨어지는 소리.

그와 동시에 박선우의 몸이 기울었다.

"……어?"

지친 나머지 박선우는 현 상황에 제대로 반응하지 못했다.

이대로라면 그대로 바닥에 떨어질 상황.

그때, 대한이 박선우의 전투복을 잡아당겨 끌어 올렸다.

슈퍼 세이브였다.

대한이 호흡을 고르며 말했다.

"후…… 난간 상태가 안 좋습니다. 난간 조심하십쇼."

"어, 어."

대한은 안도의 한숨을 쉬고는 천천히 박선우를 계단에 앉혔다. 그리고 두 사람 다 그제서야 놀란 마음을 진정시켰다.

위험한 상황이었다.

자칫 잘못하면 큰 사고로 이어질 뻔한.

하나 대한의 눈썰미가 그를 살렸고 박선우는 그제서야 모든 상황을 이해할 수 있었다.

한참을 멍하니 있던 박선우가 어렵사리 입을 열었다.

"······고맙다."

"아닙니다. 난간 상태를 미리 점검했어야 하는데 제 불찰입니다."

"아냐, 네 불찰은 무슨······."

박선우는 그러더니 한동안 또 말이 없었다.

그리고 다시 천천히 입을 열었다.

"나 왜 이렇게 못났냐."

"아닙니다, 안 못나셨습니다."

"아니, 뭐 어제도 그렇고 오늘도 그렇고······ 미안하다."

"괜찮습니다."

정말 위험한 상황을 겪을 뻔해서 그런 걸까?

그는 진심으로 사과했다.

그렇기에 대한도 웃으며 그의 사과를 받아 주었다.

"군대서 몸 건강하게 사회로 돌아가셔야지 다쳐서 돌아가면 되겠습니까."

"······그래, 그것도 맞는 말이지. 근데 우리 훈련 또 다시 해야 되냐?"

"원하시면 시켜 드립니까?"

"미안하다, 좀 봐줘라."

"하하, 알겠습니다. 그럼 숨 좀 고르시고 천천히 내려가시죠."

대한은 무전기를 통해 병력들에게 훈련 종료를 알렸다.

※

　진지에서 내려온 대한은 훈련장에 예비군들을 휴식하게 한 뒤 박희재를 찾아갔다.

　"충성!"

　"어, 대한아. 무슨 일이냐?"

　"보고드릴 게 있어서 내려왔습니다."

　대한은 좀 전에 있던 난간 사고에 대해 바로 보고했다.

　다친 사람은 없었지만 그렇다고 그냥 덮어 버리는 건 대한의 스타일이 아니었기 때문.

　부상자가 없다는 말에 박희재가 안도했다.

　"다친 곳 없는 거 확실하지?"

　"예, 떨어지기 전에 제가 잡아서 다치진 않았습니다. 그리고 혹시 몰라 전투복 벗어보라고 해서 몸 내부까지 확인하고 왔습니다."

　"그래도 그런 일을 겪으면 보통 근육 같은 곳이 많이 놀랐을 텐데…… 혹시 모르니까 번호 받아 놔."

　"예, 이미 전화번호 받아 놨습니다. 병원도 가 보라고 말해 둔 상태입니다."

　"잘했다. 시간 될 때 연락해서 병원 갔는지 확인해라. 문제 있으면 바로 보고서 만들어서 올릴 테니까."

　"예, 알겠습니다."

"그나저나 난간이 떨어질 수가 있나? 그런 경우는 또 처음이네."

대한은 휴대폰을 꺼내 난간 사진을 보여 주었다.

"녹이 많이 슬어서 떨어진 것 같습니다."

"흠, 그런 것 같네. 이 정도면 다른 곳은 더 볼 필요도 없겠어. 가서 정작과장 불러와라."

"예, 바로 불러오겠습니다."

대한은 바로 정작과장을 호출하기 위해 바로 정작과로 향했다.

"과장님? 대대장님이 들어오시랍니다."

"나를? 아니 근데 왜 그걸 네가 전달하냐?"

여진수가 불안한 표정으로 묻자 대한이 조용히 웃으며 좀 전의 상황을 설명해 주었다.

그러자 여진수가 가슴을 쓸어내리며 안도했다.

"난 또 뭐라고. 놀랐잖아, 자식아. 그나저나 그런 일 때문이면 대대 일정 확인하고 들어가야겠네."

대대장이 부른 이유.

안 봐도 뻔했다.

보수 작업 일정 때문에 부른 거겠지.

그래서 대한도 미리 상황 설명을 한 것.

여진수가 대대 일정을 확인하고는 대한에게 물었다.

"근데 다른 중대도 훈련 중이지 않나?"

"예, 그래서 혹시 몰라 다른 중대장들한테도 미리 연락 돌렸습니다. 고가 초소 투입하지 말라고."

"역시는 역시네, 잘했다."

"아, 그리고 일정 관련해서 드릴 말씀이 있습니다."

"뭔데? 말해."

"그냥 따로 일정 잡지 말고 내일 하면 안 되겠습니까?"

"내일?"

"예, 어차피 용접할 거 아닙니까? 보급관들 다 할 줄 알 거고 내일만큼 여유 있는 날도 없지 않습니까."

부대 일정 같은 경우에는 여진수의 담당이었다.

일 년 계획을 미리 짜 놓고 움직이는 군대 특성상 일정이 밀리기 시작하면 정작과만 죽어 나갔으니까.

그렇기에 대한이 도움을 주고자 했다.

여진수는 잠시 생각하더니 고개를 끄덕였다.

"좋은 생각이네, 근데 보급관들 장비 점검한다고 바쁘지 않나?"

"그럼 용접병이랑 제가 하겠습니다."

이왕 도와주기로 한 거 제대로 도와줘야지.

그러나 그 말에 여진수가 고개를 모로 기울이며 물었다.

"너 용접도 할 줄 알아?"

"예, 아……."

늘어지는 말꼬리.

아, 이래서 입이 문제구나.

대한은 그제서야 자신의 말실수를 깨달았다.

자신은 아직 용접을 할 줄 몰라야 하는 컨셉이어야 한다는 걸.

대한의 대답에 여진수가 눈을 빛냈다.

"생각지도 못한 재주가 있었네?"

"하하…… 아닙니다."

"아니긴, 이미 뽀록 났어 인마. 근데 용접은 또 어떻게 배웠냐?"

"하, 학교에서 배운 적 있습니다."

"너 전공 토목 아냐? 토목이 용접도 해?"

전국에 찾아보면 용접하는 학교 하나쯤은 있지 않을까?

사실 대한은 학교에서 배운 게 아니었다.

'공병에 10년 정도 있으면 못 하는 게 없긴 하지.'

그것도 장교라서 10년이었다.

부사관이면 5년도 안 돼서 모든 작업을 마스터 할 수 있을 것이다.

그건 행정보급관만 봐도 알 수 있는 것.

그들은 군복만 벗으면 현장 여기저기서 모셔 갈 아주 고급 인재들이었다.

그와 더불어 대한 또한 중대장급 계급에 가장 오래 있었기에 못하는 게 거의 없었다.

문제는 여진수에게 이걸 설명하기가 힘들다는 것.

그래서 얼렁뚱땅 넘겼다.

"그 뭐, 아무튼 용접병 있지 않습니까. 제가 옆에서 잘 돕겠습니다. 내일 하루 만에 안 끝나면 다음 주까지 하는 것으로 해서 마무리해 보겠습니다."

"흠, 수상한데…… 일단 알겠다. 대대장님께 보고는 한번 드려 볼게."

다행히 여진수는 대한의 실력을 별로 궁금해하지 않았다.

어차피 용접병이 따로 있었기에 그가 다 할 수 있을 거라고 생각해서겠지.

오히려 다행이었다.

'앞으로 조심 좀 해야겠어.'

이런 일이 자꾸 반복되면 이상한 놈으로 찍힐 수밖에 없다.

그와 덧붙여 귀찮은 작업거리가 미친 듯이 불어나겠지.

그것만큼은 절대로 안됐다.

대한은 여진수를 따라 대대장실로 들어갔다.

여진수는 박희재가 묻기도 전에 일정 관련한 보고를 올렸고 대한이 내일 작업한다는 것까지 말했다.

박희재도 당연하게 받아들였다.

대한을 보냈으니 중간 과정은 알아서 스킵될 거라는 믿음이 있었으니까.

그때, 여진수의 보고를 듣던 박희재가 대한에게 물었다.

"근데 너 용접도 할 줄 알아?"

"……잘하진 못하고 그냥 할 줄 아는 정도입니다."

"흠…… 그래, 뭐 용접이야 용접병이 잘하니까 상관은 없겠지. 그나저나 과장은 용접할 줄 모르나?"

"저도 할 줄은 압니다."

"내일 안 바쁘지?"

그 말에 여진수도 아차 싶었다.

"……예, 안 바쁩니다."

"혹시 모르니까 같이 올라가 봐. 너희 둘이 가면 내가 마음 편하게 있을 수 있을 것 같다."

"……예, 알겠습니다."

좌절하는 여진수.

그러나 박희재는 꽤나 흡족한 표정으로 두 사람을 내보냈고 여진수는 그대로 대한을 끌고 흡연장으로 향했다.

여진수가 울상을 지으며 말했다.

"하, 보급관들 시키는 건 말도 못 꺼내 봤네."

"저랑 오붓하게 같이 작업 가는 거 싫으십니까?"

"아니, 좋고 싫고를 떠나서 용접 딱 한 번 해 봤는데 내가 가서 뭘 하겠냐? 나 포함해서 세 명이나 있는데 거기서 감독이나 할까?"

"그럼 그냥 못 한다고 말씀하시지 그러셨습니까."

"대대장님, 물어보실 때 표정 못 봤냐? 표정만 봐도 가라고 말씀하시는 건데 그 자리서 못 한다고 할 수 있는 놈 있음 나와 보라고 그래."

그건 또 그렇지.

대한이 고개를 끄덕이며 말했다.

"그럼 옆에서 손이나 좀 거들어 주십쇼."

"뭐야, 야자타임이냐? 내가 막내야?"

"실력이 없으니 어쩔 수 없지 않겠습니까."

"내가 실력 없다는 소리를 다 듣고…… 하, 그래. 일단 알겠다."

여진수의 우는 소리에 대한이 웃는다.

이윽고 훈련장에 복귀한 대한이 박선우에게 다가가 말했다.

"선배님, 대대장님한테 보고드리고 왔고 내일이나 주말에 병원 꼭 가 보십쇼."

"후배님, 나 괜찮다니까."

"혹시 모르지 않습니까."

"알겠다, 알겠어. 꼭 가 볼게."

대한은 피식 웃으며 그의 옆에 앉았다.

그러자 박선우가 대한에게 물었다.

"너 장기 한다고 했지?"

"예, 그렇습니다."

"내 동기들한테 말 좀 해 줄까? 애들 이제 중대장하고 있는데."

"하하, 그래 주시면 감사하겠습니다."

필요 없는 호의이긴 하나 굳이 아니꼽게 받아칠 필요는 없다.

게다가 뭐라도 챙겨 주려는 마음인데 그걸 거절해서 무엇하랴.

그리고 따지고 보면 군번이 많이 차이나지 않는 선배들을 많이 아는 게 좋긴 했다.

'높은 분들은 먼저 전역하고 군대를 떠날 테니까.'

대한의 넉살에 박선우가 웃으며 말했다.

"근데 넌 볼수록 참 신기하다. 사회성이 부족한 건 아닌데 FM은 그대로 유지하고…… 나 군 생활 할 때 너 같은 애가 있었으면 참 재밌었을 텐데."

"하하, 그렇습니까?"

"정말이야. 내 군 생활은 정말 재미없었거든. 근데 너 같은 애가 하나라도 있었으면 정 붙이고 제대로 했을 것 같다는 생각이 드네."

대한은 박선우의 말에 조용히 고개를 끄덕였다.

자신도 그 말에 어느 정도 공감을 했기 때문이다.

'옆에 괜찮은 사람 하나 있고 없고의 차이가 참 크긴 하지.'

전생의 대한은 동료라고 부를 만한 사람이 크게 없었다.

내 앞길 쳐내기도 급급했으니까.

게다가 처음엔 이렇게 오래 군 생활을 할 줄 몰라 크게 정도 붙이지 않았다.

그렇다 보니 나중이 돼서 이런저런 아쉬움들이 생각나는 것.

'박선우도 비슷했겠지.'

학군 출신의 선배.

그 또한 임관과 동시에 전역을 준비했을 테니 저런 말을 하는 것이리라.

대한이 웃으며 박선우에게 말했다.

"그래도 준비 잘하셨으니까 사회에서도 잘 적응하신 거 아니겠습니까."

"그건 그렇긴 해. 돈도 많이 모아서 취업하자마자 차도 샀으니까. 아, 그런 의미에서 너도 적금 하나 들어 놔. 군 생활 오래하려는 애들 보니까 연금 나온다고 적금 안 들고 있더라."

그 말에 대한은 그저 웃었다.

적금이라.

그러고 보니 이번 생엔 적금이라는 단어를 까맣게 잊고 살았네.

대한이 웃으며 답했다.

"예, 명심하겠습니다."

"하, 아무리 생각해 봐도 선배로서 해 줄 수 있는 말은 이게 다인 것 같네. 군 생활에 대해서는 더 할 말이 없다. 네가 나보다 더 잘하는 것 같으니까. 나중에 동기들한테 너 잘 보라고 말이나 해 놓을게."

"하하, 감사합니다."

두 사람을 그렇게 대화를 좀 더 나누고는 식당으로 이동했다.

식사가 끝나고 중대장들은 박희재의 호출을 받았다.

중대장들이 지휘 통제실에 모였고 이영훈이 대한에게 물었다.

"대한아, 아까 고가 초소에서 무슨 일 있었냐?"

"아, 난간이 떨어졌습니다."

"와, 설마 했는데 진짜 그 이유였어?"

"예, 저희 예비군 중대장이 올라가는 중에 난간이 떨어져서 추락 사고가 생길 뻔했습니다."

"하…… 그럼 우리도 보수할 준비해야겠네."

"안 하셔도 됩니다. 내일 과장님이랑 저랑 올라가서 보수할 예정입니다."

"아, 그래?"

이영훈은 듣던 중 반가운 소리인지 표정이 확 밝아졌다.

지휘 통제실을 들어오던 여진수는 그 모습을 보고는 어이가 없다는 듯 이영훈에게 말했다.

"영훈아, 선배가 고생한다는데 신나 보인다?"

"아휴, 과장님께서 오해하신 겁니다. 걱정한 겁니다. 걱정."

"걱정하는 사람 표정이 그렇게 밝냐? 뒤질래?"

"하핫, 제 표정이 워낙 밝지 않습니까."

"하…… 본부는 용접할 줄 안다고 손들고 나서던데 너는 빠지려고 발악부터 하는구나."

여진수가 대한과 이영훈을 비교했다.

하지만 이런 전략에 먹혀들 이영훈이 아니었다.

"대한아, 너 용접도 할 줄 아냐? 역시 너답다. 과장님, 죄송하지만 전 용접을 할 줄 모릅니다. 괜히 짐만 될 것이 뻔하기에 과장님 대신 대대를 잘 지키고 있겠습니다."

그 말에 여진수가 질린다는 듯 고개를 저으며 자리에 앉았고 그쯤 박희재가 나타났다.

"다들 훈련 잘 마무리했나?"

"예, 그렇습니다!"

"목소리 좋네. 다들 훈련 경험이 있는 중대장들이니까 잘했을 거라고 믿겠다."

잠깐만요.

나는 왜 거기 포함시키는 건데요?

그러나 아무도 이상하게 여기지 않았고 박희재가 중대장들을 둘러보며 말했다.

"피곤하지?"

"아닙니다!"

"진짜 안 피곤해?"

"예, 괜찮습니다!"

"그럼 일과 다 채울 거야?"

그 말에 중대장들이 얼른 대답했다.

"아닙니다!"

"그래, 피곤할 텐데 일찍 퇴근해야지. 인사과장?"

인사과장이 앉을 자리는 비어 있었지만 대답은 나왔다.

대한이었다.

"예, 대대장님."

"안보 교육이랑 강평 최대한 짧게 끝낼 건데 바로 퇴소식 준비 가능하나?"

"예, 준비는 이미 다 되어 있습니다. 교육 끝나시면 바로 진행할 수 있도록 예비군들 장구류 반납하고 교육 참석하겠습니다."

"다들 들었지? 인사과장이 하자는 대로 하고 빨리 끝내자고. 자, 움직여."

"예, 알겠습니다!"

박희재는 바로 지휘 통제실을 나갔고 중대장들 또한 짐을 챙겨 자리에서 일어났다.

이영훈이 대한에게 물었다.

"그나저나 인사과장도 참석했었냐?"

"잠깐 왔다 간 거 같습니다."

"거 참, 버르장머리 없는 놈일세. 선배들한테 경례도 안 하고 가고 다음에 보면 죽는다고 전해 줘라."

"인사과장이 그럼 앞으로 1중대는 인원 보충 없을 거라는데 괜찮으십니까?"

"어우, 그건 안 될 말이지. 쏘리라고 전해 줘라."

그 말에 대한이 피식 웃은 뒤 바로 막사로 이동했다.

그런 다음 예비군들 장구류를 반납시킨 후 곧장 강당으로 이동시켰다.

예비군들을 옮긴 후 박희재에게 연락하자 박희재는 금방 나타났다. 그리고 아까 말했던 대로 5분 만에 안보교육과 강평을 끝내 버렸다.

참 화끈한 양반이다.

하지만 한편으로는 그런 생각도 들었다.

'이렇게 빨리 끝낼 거면 아예 생략해도 되지 않나.'

그래도 절차란 게 있으니 하긴 해야겠지.

신난 예비군들은 알아서 오와 열을 맞추며 퇴소식 준비를 하기 시작했다.

그들의 열정에 대한도 시간 끌지 않고 얼른 퇴소식을 시작했다.

"지금부터 동원 훈련 퇴소식을 시작하겠습니다. 먼저……."

박희재는 거의 모든 순서를 생략시켰고 덕분에 행사 또한 빠르게 끝났다.

"이상 퇴소식을 모두 마치겠습니다. 조심히 복귀하시기 바라겠습니다."

퇴소식이 끝남과 동시에 예비군들이 강당을 뛰어나갔고 대한이 박희재에게 다가갔다.

"고생하셨습니다. 대대장님."

"내가 무슨 고생이냐. 대한이 네가 고생 많았지. 그나저나 사회 연습 좀 많이 했나 보다?"

"아, 예. 실수 안 하려고 준비 많이 했습니다."

"역시 너라면 깔끔하게 할 줄 알았다. 고생했고 나한테 따로 보고할 필요 없으니까 바로 퇴근해라."

"예, 알겠습니다. 충성!"

그렇게 겸직을 겸한 동원 훈련이 무사히 끝날 수 있었다.

그리고 다음 날 아침.

대한은 정글모를 쓰고 정작과로 향했다.

여진수도 한숨을 푹푹 내쉬며 정글모를 챙겼고 대한을 발견하자마자 바로 흡연장으로 향했다.

"담배 한 대 피우자."

"예, 과장님."

작업 전에 흡연은 필수지.

대한은 여진수와 흡연장으로 향하는 길에 인사과에서 대기 중이던 용접병도 데리고 같이 이동했다.

여진수가 용접병에게 물었다.

"얼마나 걸릴 거 같아?"

"봐야 알겠지만 고가 초소 전부 점검하려면 하루 종일 해야 할 것 같습니다."

"하…… 그러냐."

여진수가 아쉬워하자 대한이 웃으며 말했다.

"초소가 한두 개가 아니지 않습니까. 봐야 할 것만 7개입니다."

"그러니까. 왜 7개냐고. 대대 구역에는 4개뿐이잖아."

"하하……."

4개에서 7개로 늘어난 이유.

별것 없다.

전날 퇴근한 박희재는 이원영과 술자리를 가졌는데 그 과정에서 고가 초소에 대한 이야기가 나온 것.

그리고 자연스럽게 단의 몫까지 이들에게 넘어온 것이다.

대한이 여진수를 위로하며 말했다.

"다 저희 계급이 낮아서 그런 거 아니겠습니까. 그러니까 얼른 진급하십쇼. 이런 자리 탈출하려면 소령도 모자란 것 같습니다."

"당장 다음 자리도…… 에이, 그냥 시키는 거나 해야지. 가자."

여진수가 담배를 끄고 자리에서 일어난 그 순간, 대한이 여진수를 불러 세웠다.

"과장님?"

"왜?"

"저거 들고 가셔야 합니다."

"저게 뭔…… 아……."

그의 입에서 나오는 탄식.

대한이 가리킨 곳 끝에는 대한이 미리 꺼내 놓은 발전기가 있었다.

오늘 여진수의 역할은 '잡무 따까리'였으니까.

여진수의 표정이 한없이 구겨진다.

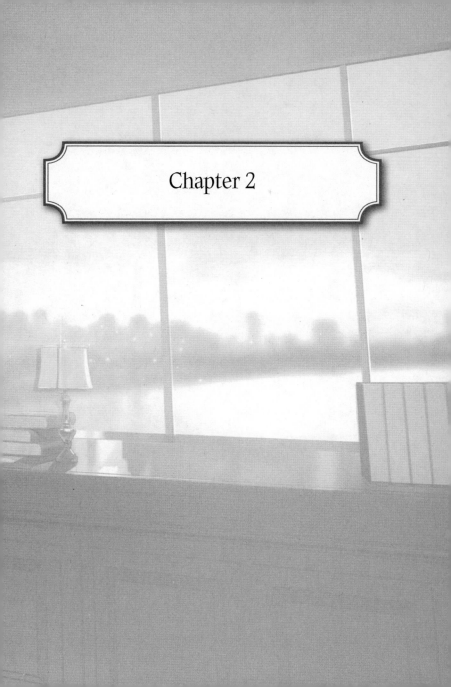

Chapter 2

여진수는 순간 대한에게 들라고 말하려다 이미 묵직한 가방을 든 대한을 보고 포기했다.

용접병도 마찬가지.

용접병은 용접기를 들고 있었기에 빈손은 여진수뿐이었다.

외통수였다.

여진수는 한숨을 내쉬며 발전기를 들었다.

그리고 잠시 후, 첫 번째 초소에 도착한 세 사람은 홍수나기 시작한 이미를 연신 훔쳐 댔다.

"시작도 하기 전에 지치겠다."

"처음에 고가 초소 만든 사람들이 존경스럽습니다."

"와, 그러네. 이걸 어떻게 했냐?"

"피라미드도 사람이 만들었지 않습니까."

"하긴…….."

군대에는 이게 어떻게 여기 있는 건지 궁금한 것들이 한두 가지가 아니었다.

그래서 괴담도 많이 만들어지는 거겠지.

이윽고 잠시 숨을 돌린 세 사람은 바로 작업에 들어갔다.

준비를 마친 용접병이 말했다.

"그럼 바로 시작하겠습니다. 두 분 다 눈 안 다치게 조심하십쇼."

"그래, 힘들면 말해. 바로 교대해 줄게. 아, 그리고 밑에서부터 시작해라."

"예, 알겠습니다."

용접병이 용접을 시작했고 대한은 여진수를 바라봤다.

"저희는 따로…… 그건 또 언제 챙기셨습니까?"

"용접할 때 필수 아니냐?"

여진수는 언제 챙겼는지 모를 선글라스를 쓰고 있었다.

대한이 그의 준비성에 고개를 끄덕이며 가방 안에 넣어 온 페인트를 꺼냈다.

그리고 붓을 여진수에게 건네며 말했다.

"용접한 부위 페인트칠이나 같이 해 주십쇼."

"오, 진짜 용접 해 봤나 보네?"

"할 줄 안다고 말씀드렸지 않습니까."

"근데 사회에서 배울 때도 페인트칠도 했냐?"

"……"

사회에서 배운 게 아니라 대답을 망설일 수밖에 없다.

그래서 그냥 모른 척 회피하기로 했다.

대한이 화제를 돌렸다.

"와, 용접병 실력 좀 보십쇼. 기가 막힙니다. 그러니까 저희도 빨리 해야 할 것 같습니다."

"어, 어. 그래."

대한은 붓을 들고 용접 부위에 페인트를 칠해 나갔다.

용접이 끝남과 동시에 페인트칠도 끝났고 대한이 시간을 확인하고는 만족스럽게 말했다.

"이 정도면 금방 내려갈 수 있을 것 같습니다."

"오전 중에는 불가능하겠지?"

"……가능하냐?"

대한은 여진수의 질문에 용접병을 바라봤고 용접병이 어색하게 웃으며 답했다.

"하하…… 초소 간에 거리가 멀어서 가능할지 모르겠습니다."

그 말에 여진수가 진지하게 말했다.

"대한아, 그럼 네가 용접기까지 들어 주면 가능하지 않을까?"

"……뛰어가자는 말씀이십니까?"

"점심 밖에서 맛있는 거 사 줄게."

"그건 그냥 오늘 점심 메뉴가 마음에 안 드시는 거 아닌……"

"용접병아, 너 먼저 뛰어서 이동해라. 위치 알지? 우리가 바로 쫓아갈게."

용접병이 대한의 눈치를 살피며 답했다.

"지, 지금 말입니까?"

"얼른 뛰어, 점심 먹고 싶은 거 생각해 놓고."

여진수는 용접병의 등을 두드리며 다음 초소로 밀어 버렸고 용접병은 에라 모르겠다는 표정으로 다음 초소를 향해 달리기 시작했다.

대한은 떠나는 용접병을 보며 조용히 한숨을 내쉬었다. 그러고는 페인트가 든 가방을 메고 용접기를 들었다.

여진수가 씨익 웃으며 말했다.

"역시 최정예 전투원, 너도 빨리 끝나면 좋잖아?"

"작업은 빨리 끝내자가 제 군 생활 모토이긴 한데 이럴 줄 알았으면 한 명 더 데리고 오는 게 맞지 않습니까?"

"에이, 이런 거 하는 데 뭘 사람을 써. 네가 두 명분을 충분히 하는데."

여진수는 발전기만을 들고 재빠르게 용접병을 쫓았다.

대한은 서둘러 여진수를 따라잡으며 물었다.

"진짜 궁금해서 여쭤보는 건데 오후에 뭐 급한 일 있으십니까?"

"아니? 없는데?"

"그럼 왜 이렇게 급하게 내려가려고 하십니까."

"대대장님이 미안해하시잖아."

"……예?"

"우리만 일 시키는데 안 미안하시겠냐. 부하된 입장에서 쉬웠던 것처럼 일 빨리 끝내고 내려가는 게 좋지."

"아, 그런 거면 진작 말씀하시지 그러셨습니까."

이건 생각도 못 했네.

새삼 그의 배려심이 얼마나 깊은지 감탄스럽다.

그렇기에 대한은 그를 역전해 금방 용접병을 쫓았다.

※

점심시간에 맞춰 내려온 세 사람은 오전과 전혀 다른 얼굴이었다.

온몸이 땀으로 흠뻑 젖어 있었고 전투복 곳곳에 페인트 흔적이 남았다.

대한이 막사 앞에 짐을 던지며 용접병에게 말했다.

"하, 진짜 고생 많았다."

"하아, 하아…… 중대장님도 진짜 고생 많으셨습니다."

"뭐 먹고 싶은지 생각해 봤어?"

"하아, 생각할 시간이 없어서 아직 못 했습니다. 아니, 사실 입맛도 없습니다."

"하긴 나도 그렇다."

땀 흘리고 먹는 밥이 꿀맛이라지만 그건 진짜로 땀을 많이 안 흘려 본 사람들이 하는 말이다.

땀을 진짜 많이 흘리면 오히려 입맛이 없다.

대한과 용접병은 그대로 자리에 주저앉았고 여진수도 옆에 같이 앉으며 말했다.

"와, 밖에 나가기도 싫다. 그냥 이대로 샤워하고 자고 싶다."

그때, 밥 때에 맞춰 나온 박희재가 우연찮게 세 사람을 발견하고는 놀란 얼굴로 물었다.

"너희들 몰골이 다 왜 이래? 어디 멧돼지한테 쫓기다 왔나?"

"충성, 작업 마치고 복귀했습니다."

"벌써 끝냈다고?"

"예, 작업 완료한 거 사진도 다 찍어 왔습니다. 대한아, 휴대폰 줘 봐."

대한이 자리에서 일어나자 박희재가 손을 내저으며 말했다.

"야야, 됐다. 일단 편하게 쉬어라. 너희들을 보냈는데 확인할 필요도 없지. 더운데 고생 많다. 대한아, 용접병은 대대장 이름으로 휴가 좀 챙겨 줘라."

"예, 알겠습니다."

"밥은?"

"아, 정작과장이 용접병 맛있는 거 좀 사 주고 싶다고 해서 대대장님께 밖에서 식사하는 거 건의드리려고 했습니다."

대한의 말을 들은 박희재는 곧장 주머니에서 지갑을 꺼내 카드 한 장을 뽑아 내밀었다.

"나가서 맛있는 거 사 먹고 와."

진짜 안 받고 싶었지만 거절이 불가능하다는 걸 잘 알고 있었다.

그렇기에 얼른 받아 들며 말했다.

"감사합니다!"

"그래, 밥 배 터지게 먹고 샤워도 좀 하고 와."

"예, 알겠습니다."

박희재는 세 사람의 어깨를 토닥여 준 뒤 식사하러 이동했다.

대한은 카드를 챙기고는 여진수에게 말했다.

"돈 굳으셨습니다. 과장님."

"정말 그렇게 생각하냐?"

"무슨 말씀이십니까?"

"원래 소고기 먹이려고 했는데 이렇게 되면 적당히 먹어야 되지 않겠냐."

"하하, 그럼 소고기 값은 제가 내겠습니다."

"됐다, 그냥 가볍게 먹자. 입맛도 없는데."

"그럼 소고기 대신 냉면 어떻습니까?"

그 말에 용접병이 말했다.

"좋은 것 같습니다. 저 회냉면에 만두 진짜 좋아합니다."

그러나 여진수는 미간을 좁혔다.

"아, 난 오늘 냉면 좀 별론데."

"차 가지고 오겠습니다."

"아니, 냉면 별로라니까?"

"밥값도 굳었는데 과장님은 선택권 없으십니다."

"크윽……."

세 사람은 대한의 차를 타고 외식하고 복귀했다.

그런 다음 숙소에서 샤워 후 빠르게 옷을 갈아입고는 대대 장실로 향했다.

대한을 본 박희재가 놀라며 물었다.

"왜 이렇게 빨리 왔어?"

"잘못 들었습니까?"

"고생하고 나갔는데 커피도 먹고 사우나도 갔다가 천천히 오지. 하여튼 이런 거 보면 중위 맞다니까."

대한은 박희재의 말에 어색하게 웃으며 카드를 반납했다.

박희재가 카드를 지갑에 넣으며 말했다.

"아참, 그 이번에 고가 초소 관련해서 작전사에 보고 올라갔 다."

"아, 그렇습니까?"

"그래, 조용히 처리할까 생각해 봤는데 우리 부대만의 문제 는 아닐 것 같아서 그냥 올렸다."

"아마 다른 부대들도 다 비슷한 상황일 겁니다."

"그렇겠지. 그래서 말인데 우리 부대에서 지원을 좀 나가야 될 것 같다."

"……예?"

이건 또 무슨 소린가.

지원 나갈 만한 게 있나?

대한이 고개를 갸웃거리자 박희재가 미안하다는 듯 말했다.

"용접해 주러 가야 할 것 같다."

"……그 부대에도 용접할 수 있는 사람이 있을 텐데 굳이 말입니까?"

"나도 그렇게 이야기했는데 참모장님이 직접 말씀하셨다더라. 이런 작업은 공병이 해야 제대로 한다고."

아, 참모장.

그 양반은 왜 또…….

대한은 좌절했다.

그 정도 위에서 내려온 지시라면 피할 방법은 전혀 없었다.

'도움이 된다 싶다가도 도움이 안 되는 양반이네.'

대한이 한숨을 삼키며 말했다.

"설마 작전사 예하 부대 다 돌아다녀야 하는 겁니까?"

"그래야지."

"……시간이 많이 걸리겠습니다. 그럼 언제부터 해야 합니까?"

대한은 이 작업에서 본인이 제외될 거라고는 생각하지 않았다.

참모장이 말한 공병에는 당연히 대한이 포함되어 있을 테니까.

그러니 처음부터 그냥 내 일이다 생각하고 준비를 하는 것이 마음 편했다.

그 말에 박희재가 미안하다는 듯 말했다.

"동원 훈련 끝나자마자 바로 움직이라고 하시더라."

하…….

예상은 했지만 이렇게 바로 움직이라니.

삼주 간의 훈련이 끝난 부대한테 너무한 거 아냐?

그때, 대한의 머릿속에 잊고 있던 구원줄 하나가 생각났다.

"대대장님? 생각해 보니 저는 좀 곤란할 것 같습니다."

"왜?"

"아직 공문이 안 나와서 말씀을 못 드렸는데 그때쯤 국방부 정책기획관님이 절 호출하실 거라고 하셨습니다."

"엥? 기획관님이 왜?"

박희재의 반문에 대한은 얼른 행복나눔 125 공모전에 대해 설명했고 설명이 끝날 때쯤 박희재가 고개를 끄덕였다.

"너 때문에 일정도 미뤘는데 그럼 당연히 그것부터 하러 가야지."

"일단 공문 나오면 바로 보고드리겠습니다."

"기획관님이 직접 말씀하신 거면 공문 안 나와도 보내 줘야지. 흠, 그럼 이번 지원은 누굴 보낸다…….

박희재도 후보로 대한만 생각을 하고 있었기에 고민을 할 수밖에 없었다.

그때 대한의 머릿속에 정말 괜찮은 아이디어가 하나 떠올랐다.

'이거 혹시 잘하면……?'

대한이 얼른 말했다.

"혹시 정작과장은 어떻습니까?"

"과장을 보내자고? 그래도 소령인데?"

"당장 훈련 끝나면 부대가 조용하기도 하고 과장도 할 거 없지 않습니까. 그리고 소령이 직접 간다고 하면 다른 부대에서도 따로 말 나오는 게 없을 겁니다."

"흠, 그건 그렇지. 그건 그렇긴 한데…… 하, 아무리 그래도 소령 보내기는 내가 좀 그런데."

부대에 써먹을 간부가 없다는 소리가 들려올 수도 있었다.

하지만 지금 그게 중요할까?

대한이 슬슬 본론을 꺼내기 시작했다.

"대대장님, 혹시 정작과장 다음 보직 아직 안 정해진 거 알고 계십니까?"

"엥? 과장 정도면 누가 데려가도 데려 갈 텐데 아직이라고?"

"저도 그럴 줄 알았는데 들어 보니까 아직 찾는 중이라고 합니다."

"……그래?"

박희재는 의외라는 듯 턱을 쓰다듬었다.

그러다 대한이 무슨 의도로 저런 말을 하는지 바로 감이 왔다.

"이 깜찍한 놈…… 가서 과장 불러와 봐."

"예, 대대장님."

대한은 힘차게 경례한 뒤 여진수를 찾았다.

여진수는 간부 목욕탕에서 샤워하고 오느라 대한보다 늦게 복귀했는데 정작과에서 자신을 기다리는 대한을 보자마자 흠 칫했다.

"뭔데? 왜, 또 뭐?"

"대대장님 호출입니다."

"아, 그래? 잠시만."

여진수는 빠르게 복장을 점검한 뒤 대한과 함께 대대장실로 들어갔다.

박희재는 여진수를 자리에 앉히고 음료수를 건네며 말했다.

"너 보직 끝나면 어디로 가냐?"

여진수는 음료수 캔을 따려다 말고 대한을 쳐다봤다.

대한은 여진수와 눈을 마주치지 않았고 여진수가 조용히 한 숨을 삼키며 말했다.

"아직 찾는 중입니다."

"원래 갈 곳 있지 않았나?"

"예, 있었는데 다른 사람이 들어간다고 해서 다시 찾는 중입 니다."

그 말에 박희재가 고개를 끄덕이고는 말했다.

"너 작전사 갈래?"

여진수가 순간 자신의 귀를 의심했다.

"예?"

"작전사 정도면 괜찮잖아."

괜찮고말고.

지금 여진수는 찬밥 더운밥 가릴 때가 아니었다.

얼른 괜찮은 자리를 찾지 못하면 한직으로 가야 할 확률이 높았다.

아니, 가야 할 판이었다.

그런 상황에서 작전사라니?

대한이 웃었다.

'가고 싶어도 못 가는 곳이지.'

가까운 곳에 위치해 있어 크게 와닿지는 않지만 무려 4성 장군이 지휘하는 부대였다.

그런 곳에 소령 참모?

공병 자리도 몇 개 없는 곳인데 보내 준다고 하면 당장 가야 할 곳이었다.

여진수는 박희재의 말에 침을 꼴깍 삼켰다.

"아, 예. 너무 좋은 제안이긴 한데…….."

"왜, 내가 찾아줘서 부끄럽냐?"

"그, 그런 건 아닙니다."

"아니긴······."

박희재의 말처럼 여진수는 부끄러워하는 중이었다. 그도 그럴 것이 박희재가 여진수의 보호자도 아니고 소령씩이나 되어서 갈 자리 하나 못 찾았다는 사실이 부끄러운 것이다.

'잘나가던 사람일수록 그게 더 하지.'

그런 사람들일수록 스스로에 대한 자부심이 있었으니까.

여진수가 부끄러워하자 박희재가 사람 좋은 미소를 지으며 말했다.

"진수야."

"예, 대대장님."

"내가 못난 놈 억지로 좋은 자리 보내는 것도 아니고 내가 아끼는 놈 좋은 곳 보내서 자랑 좀 하겠다는데 뭐가 부끄러워? 혹시 이놈 때문이야?"

박희재가 대한을 가리키자 여진수가 얼른 손을 내저었다.

"아, 아닙니다. 대한이도 이미 알고 있던 사실이라 괜찮습니다."

"쯧쯧, 그러게 왜 이놈한테 먼저 이야기해서 고민만 더 하고 있었어? 그런 일 있으면 바로 나한테 와야지. 대한이한테 말한다고 얘가 뭘 어떻게 도와주겠냐?"

박희재의 말에 대한이 속으로 웃었다.

틀린 말은 아니었으니까.

오히려 박희재한테 말했으면 바로 찾아봐줬을 터.

박희재는 그러고도 남을 사람이었으니까.

그렇기에 나무라는 것이다.

대한에게 털어놓는 건 부하에게 하는 한탄밖에 되지 않으
니까.

박희재가 이어서 말했다.

"그래도 우리 대대에서 나 다음으로 쓸모 있는 놈한테 말했
으니까 그나마 정상참작 해 준다."

"……죄송합니다."

"얘가 나한테 말 안 해 줬으면 어쩌려고 그랬어? 군 생활 애
매하게 하다가 나처럼 될 거야?"

농담처럼 던진 말이었지만 반은 진심이었다.

자기가 생각하기에 본인만큼 군 생활 애매한 놈도 없었던 것
같았으니까.

그렇기에 아끼는 부하인 여진수만큼은 그리 되지 않길 바랐
다.

박희재가 여진수에게 말했다.

"동원 훈련 끝나는 주부터 해서 작전사 예하 부대 좀 돌아다
녀."

"예, 알겠습니다."

"뭐 때문에 돌아다니라고 하는지 안 물어보냐?"

"그냥 지시하시는 대로 따르겠습니다."

그 말에 박희재가 피식 웃으며 품에서 담배를 꺼냈다.

여진수에게도 하나 권했다.

"한 대 하자."

"예. 대대장님."

박희재는 말없이 담배 몇 모금을 하더니 이내 입을 열었다.

"예하 부대 돌아다니면서 고가 초소 작업들 좀 다 해 놔. 그거 하는 동안 내가 작전사에 자리 만들어 놓을 테니까. 안 만들어 준다고 하면 참모장님 찾아가서 따지고 올 거니까 시킨 일만 잘 처리하고 와. 그리고 다음부터 혼자 마음고생하지 말고. 알겠어?"

"예, 알겠습니다."

"그래, 그럼 둘 다 나가 봐."

야단치는 자리는 아니었지만 묘하게 분위기가 무겁다.

두 사람은 얼른 대대장실을 나섰고 나오자마자 여진수에게 말했다.

"담배 피우러 가시겠습니까?"

"……가자."

방금 담배를 피웠음에도 또 담배 생각이 나는지 한 치의 망설임도 없이 흡연장으로 향했다.

여진수는 바로 담배를 물고는 고민에 빠진 듯했다.

대한은 옆에서 가만히 그를 기다렸고 이내 여진수가 대한에게 말했다.

"너한테 말하길 잘한 거 같다."

"아닙니다. 제가 과장님 입장도 생각 못하고 경솔했습니다."

그 말에 여진수가 픽 웃었다.

"경솔은 무슨…… 톡 까놓고 너니까 대대장님한테 그런 말할 수 있지 다른 애들한테 말했으면 대대장님 말씀처럼 그냥 한탄한 것으로 끝났을 거야."

혹시 몰라 숙인 건데 여진수는 대한의 배려를 나쁘게 받아들이지 않았다.

오히려 고맙게 생각했다.

그렇기에 대한도 그제야 미소를 지으며 말했다.

"그렇게 생각해 주셔서 감사합니다."

"근데 어쩌다 이렇게 된 거야?"

"실은…… 제가 도와드리고 싶어도 도와드릴 수 없는 부분이라 고민하고 있었는데 마침 작전사에서 지시한 게 있길래 좋은 기회다 싶어서 대대장님께 말씀드렸습니다."

"타이밍 한번 죽이네. 고맙다, 덕분에 조금 야단맞긴 했어도 마음은 좀 가벼워졌어."

말 그대로였다.

여진수의 표정은 한결 가벼워져 있었다.

담배를 한 모금 마신 여진수가 말했다.

"근데 생각해 보니까 인사과장이잖아 너."

"예, 맞습니다."

"원래 인사과장이 그런 일 하는 거야. 잘했어."

"아……."

대한은 여진수의 말에 속으로 고갤 끄덕였다.

여진수의 말마따나 인사과장은 간부들의 고민들을 빨리 캐치해 대대장에게 알려야 했으니까.

그래야 사고를 미연에 방지할 수 있으니까.

대한이 웃으며 말했다.

"그럼 앞으로도 대대장님께 하기 힘드신 말 있으시면 다 저한테 말씀해 주십쇼. 제가 잘 전달해 보도록 하겠습니다."

"큭큭, 이제는 안 돼지. 또 고민이 있을진 모르겠지만 대대장님 귀에 네 입으로 내 고민이 들어가는 날에는 나 죽는 날이야."

하긴.

박희재 성격상 두 번이나 그랬다간 그땐 정말 혼나겠지.

같은 생각을 했는지 대한과 여진수는 동시에 피식 웃었다.

뒤이어 여진수가 물었다.

"근데 어쩌다 우리가 작전사 예하부대 고가 초소 작업을 하게 된 거냐?"

"참모장님께서 그런 건 공병단이 해야 확실하다고 하셨답니다."

"아, 그래?"

여진수가 고개를 끄덕인다.

평범한 동아줄인 줄 알았는데 알고 보니 그게 황금 동아줄이었다니.

박희재가 괜히 자리를 만든다는 소리를 한 게 아니었다.

여진수가 웃으며 말을 이었다.

"그럼 이번 기회에 생색 제대로 내면서 다녀야겠네."

"사진만 찍어 놔 주십쇼. 제가 보고서 만들겠습니다."

"뭐야, 넌 같이 안 가?"

"안 가는 게 아니라 못 가는 겁니다. 아쉽게도."

"……전혀 아쉬운 표정이 아닌데?"

"아닙니다. 제 군 생활 중에 가장 아쉽습니다."

"마음에도 없는 소리 하지 말고 왜 못 가는데?"

"저 국방부 가야합니다."

"국방부?"

"예, 정책기획관님이 호출하셨습니다."

여진수는 대한의 입에서 나온 단어에 깜짝 놀라며 되물었다.

"정책기획관님이 왜? 너 또 뭐 사고 쳤나?"

"행복나눔 125 공모전 기억나십니까? 그거 심사하라고 부르
셨습니다."

"와…… 그게 무슨…… 야, 이건 너랑 나랑 상황이 바뀌어야
맞는 거 아니냐? 뭔 중위가 소장한테 불려 다녀?"

"제가 거의 계획한 거라고 직접 와서 하라고 하셨습니다."

여진수는 입을 벌린 채 엄지를 들었다.

정말 할 말이 없어서였다.

두 사람은 이내 기분 좋게 막사로 돌아와 각자 흩어졌다.

인사과로 돌아온 대한은 공문부터 확인해 보았다.

근데 위에서 온 공문이 없다.

뭐지?

잊어버리신 건가?

그건 아닐 텐데?

그럼 왜 아직 심사 관련 공문이 없는 걸까.

그때 전화가 울렸다.

발신자는 추지훈.

어이가 없었다.

'이 양반도 양반은 못 되겠네.'

대한이 얼른 전화를 받았다.

"충성!"

ㅡ훈련 잘했나?

"1주차는 잘 마무리했고 이제 2주차 준비 중입니다."

ㅡ그래, 너한테 그게 무슨 훈련 같기나 하겠어?

"하하, 열심히 하고 있습니다."

ㅡ자식, 거짓말하기는. 뭐 그 이야기나 하려고 전화한 건 아니고…… 이거 생각보다 일이 많다.

"심사, 말씀이십니까?"

ㅡ그래, 봐야 할 게 십만 개가 넘어.

10만 개.

당장 이름만 확인해도 한참 걸릴 양이다.

그런데 이들이 접수한 내용들을 다 봐야 했다.

추지훈이 몇 명을 불렀는지는 모르겠으나 몇십 명을 불러도 모자랄 양이긴 했다.

그래서일까?

대한은 속으로 한숨을 쉬었다.

'그냥 용접이나 하러 가고 싶다.'

좋은 기회였지만 막상 일할 생각을 하니 까마득하다.

대한이 물었다.

"그렇게나 많습니까?"

-어, 그래서 말인데 올 때 한 놈 더 데리고 와라.

어라?

심사 위원 증원?

듣던 중 반가운 소리였다.

대한은 기쁜 마음으로 물었다.

"누구 데리고 가면 되겠습니까?"

-그때 같이 왔던 놈. 무튼 훈련 빨리 끝내고 올라와라. 나도 보고 있는데 눈 빠질 것 같다. 안 오면 죽는다고 전달하고.

"예. 알겠습니다!"

추지훈은 대한의 대답을 듣자마자 전화를 끊었고 대한은 얼른 자리에서 일어났다.

콧노래가 났다.

혼자 갈 일을 둘이 가게 됐으니.

자리에서 일어난 대한은 바로 단으로 올라가 단장실 문을 두드렸다.

"단장님, 김대한 중위입니다."

"들어와."

대한을 반갑게 맞아 주는 이원영.

얼굴엔 여유가 가득하다.

그 미소를 보니 대한은 속으로 자기도 모르게 웃음이 났다.

저 미소는 곧 깨질 예정이었으니까.

대한이 말했다.

"단장님, 정책기획관님께서 같이 국방부로 오라고 하셨습니다."

그 말에 이원영은 비스듬히 기댔던 자세를 얼른 고쳐 앉으며 되물었다.

"나를? 너랑 같이?"

"예."

"기획관님이 왜……?"

"별건 아니고 심사 도와달라고 하십니다."

"심사?"

"예, 행복나눔 125 공모전 기억나십니까?"

"알지. 그거 만들어지는 자리에 같이 있었는데 모를 수가 있나."

"그거 심사하러 오라고 하셨습니다."

이원영은 그제서야 표정을 풀었다.

"하, 놀랐네. 난 또 뭐 실수한 줄 알았잖아."

"하하, 그런 거였다면 직접 전화하지 않으셨겠습니까."

"그것도 그러네. 그런데 혹시 내가 따로 전화드려야 하는 거냐?"

"어…… 그런 느낌으로 말씀하시진 않으셨습니다. 아마 조만간 공문으로 내려 주신다고 하셨으니까 거기에 포함되어 계실 것 같습니다."

"언제인지 아냐?"

"동원 훈련 끝나고 바로입니다."

"흠…… 좋네."

좋다고?

내 말을 잘못 들은 건가?

대한은 봐야 할 게 십만 장이 넘는다고 말하려다 이내 관두었다. 시작도 전부터 겁주는 것보단 살살 달래서 데려가는 게 나았으니까.

이원영이 말했다.

"안 그래도 그때 집에 좀 가려고 휴가 쓸 생각이었는데 덕분에 휴가는 안 써도 되겠어. 월요일에 부르시겠지?"

"연락 한번 드려 봅니까?"

"아냐, 내 생각엔 월요일에 부르실 거 같다. 금요일은 훈련 정리하는 줄 알고 계실 테니까."

대한이 고개를 끄덕이자 이원영이 물었다.

"주말에 뭐 하나?"

"월요일에 부르시면 집에서 가족들이랑 있으려고 했습니다."

"일요일에 올라올 거지?"

"예, 그렇습니다."

"일찍 올라오면 연락해라 저녁이나 같이 하자."

"예. 알겠습니다."

"잘 곳은?"

"근처에 숙소 잡으려고 했습니다."

"일단 알겠다. 공문 나오면 다시 이야기 해보자."

대한은 그 길로 단 막사를 빠져나왔다.

✳

동원 훈련 3주차 금요일.

어제부로 훈련이 모두 종료가 되었고 대대는 여유롭게 훈련 후 정비를 하는 중이었다.

평화로운 시간이었다.

컴퓨터 앞에 앉아 있는 대한을 빼면 말이다.

'왜 아직도 공문을 안 보내지?'

이쯤 되면 확인 차 연락 한 번은 해 봐야 할 것 같았다.

아무리 장군이 부른다지만 파견 명령도 없이 갈 순 없었으니까.

그때 내선전화가 울렸다.

누구지?

대한이 전화를 받았다.

"예, 인사과장입니다."

–인사과장 돼서 내선전화 생겼다고 왜 말 안 했어?

받자마자 꾸짖는 목소리.

그 말에 대한이 얼른 대답했다.

"충성! 죄송합니다. 기획관님!"

전화를 건 사람은 다름 아닌 정책기획관이었다.

목소리만 들어도 알았다.

그가 말했다.

–다음부터 이런 거 있으면 미리미리 말해라.

"예, 알겠습니다! 죄송합니다!"

–뭘 죄송까지야. 그나저나 공문은 받았냐?

"조금 전까지 확인하고 있었는데 아직 못 받았습니다."

–어, 방금 보냈다. 확인해 보고 월요일에 보자.

"예, 알겠습니다. 그때 뵙겠습니다!"

–그래, 숙소 잘 확인하고 짐도 확실하게 챙겨서 와라.

"예, 알겠습니다!"

타이밍 좀 보게.

호랑이도 제 말하면 온다고 지금 딱 보냈네.

근데 파견 기간을 본 대한이 혀를 내둘렀다.

'많이도 잡아 놓으셨네.'

자그마치 10일.

정말 이만큼 걸릴 거라 생각한 건지 아님 일부러 여유 있게 잡은 건진 알 수 없었다.

그러다 문득 그런 생각이 들었다.

'가만…… 심사를 전부터 조금씩 했는데도 10일이야?'

추지훈이 따로 확인하고 있었음에도 10일이라면 여유 있게 잡은 건 아닌 듯했다.

'……차라리 동원 훈련 때가 더 나았을 거라는 생각이 들 것 같네.'

빡센 곳에 가면 좋은 점이 하나 있다.

상대적으로 다른 것들이 쉽게 보인다는 것.

그래도 빡센 건 빡센 것이었다.

대한은 얼른 공문을 프린트한 뒤 박희재에게 보여 주었다.

박희재는 공문을 확인하며 10일이라는 것에 놀라고 명단에 이원영이 있다는 것에 또 한 번 놀랐다.

"얘는 왜 가는 거냐?"

"기획관님이 직접 호출하셨습니다."

"와…… 10일 동안 아주 탱자탱자 놀고 오겠구만. 또 나만 부대에서 고생하게 생겼네."

진짜 그럴까?

공문만 보면 다들 그리 생각하겠지.

대한이 고개를 저으며 말했다.

"아마 그건 아닐 겁니다."

"아니기는…… 네가 간다고 편들어 주는 거냐?"

"절대 아닙니다."

"그럼 뭐가 아니란 거야?"

"저 공모전에 접수된 감상문이 십만 개입니다."

"무, 뭐? 그럼 하루에 만 개씩 봐야 해?"

"예, 그렇습니다."

박희재는 잠시 생각에 잠겼다.

그러고는 이내 웃으며 자리에서 일어났다.

"원영이도 아냐? 십만 개 봐야 한다는 거?"

"일부러 아직 말씀 안 드렸습니다."

"잘했다. 그놈 눈으로 확인할 때까지 절대 말해 주지 마."

"예, 알겠습니다."

원래도 말 안하려고 했지만 직속상관의 명령까지 생겼다.

그러니 이젠 말하고 싶어도 말할 수 없게 된 상황.

대한은 박희재와 함께 바로 단으로 올라갔고 박희재가 단장
실의 문을 벌컥 열며 말했다.

"대대장 받아라."

"하…… 그 노크는 좀 하고 들어올 수 없냐?"

"본인 집에 있는 방 들어갈 때 노크하고 들어가는 놈 봤냐?

난 못 봤다."

"후…… 왜 왔어?"

"대한이가 줄 거 있대."

"뭔데?"

물음에 대한이 대답했다.

"기획관님이 말씀하신 공문 내려왔습니다."

"아, 그게 이제 내려왔구나. 선배님도 참…… 어떻게 마지막 날에 보내시냐. 줘 봐."

그 말에 박희재가 들고 있던 공문을 건넸다.

"이걸 왜 네가 주냐. 대한이가 줘야 하는 거 아냐?"

"내가 줄 수도 있지. 그나저나 좋겠다? 10일이나 놀러 가고."

"웅? 10일?"

"어, 파견 기간 10일 잡혀 있던데?"

이원영은 공문을 확인하고는 고개를 갸웃했다.

"뭔데 10일이나 잡으셨지? 심사가 그렇게 오래 걸리나?"

"여유롭게 잡아 주신 거겠지. 오랜만에 긴 휴가 다녀오겠구 만?"

"야, 애도 아니고 이걸 어떻게 다 채우고 오냐? 할 거 끝나면 빨리빨리 복귀해야지. 나 단장이야, 그렇게 길게 비우면 안 돼."

"하여튼 육사 아니랄까 봐, 재미없는 놈."

이원영은 박희재의 말을 무시한 채 대한에게 말했다.

"대한아, 10일이긴 한데 최대한 빨리 끝내서 미리 복귀할 수 있게 하자. 대신 복귀해도 넌 파견 중이라고 생각하고 있을게."

대한에게 빨리 끝내는 대로 휴가를 부여한다는 소리와 마찬가지였다.

하지만 그게 가능할까?

대한은 설명 대신 그저 씩씩하게 대답했다.

직속상관의 명령이 있었기에.

"예, 알겠습니다."

"후, 기간이 아무래도 거슬리네. 그래, 주말에 서울에서 보자."

"출발할 때 연락드리겠습니다."

대한은 박희재와 함께 단장실에서 빠져나왔고 박희재는 이원영이 상황 파악을 못 하고 있자 신난 듯 말했다.

"올라가서 어떤 상황인지 전달 좀 부탁하마."

"예, 생생하게 전달해 드리겠습니다."

"애가 군 생활을 너무 고생 없이 했어. 이번 기회에 제대로 고생 좀 해 봐야지."

낄낄거리는 박희재.

근데 이 양반은 뭐가 그리 좋은 걸까?

단장이 파견 가면 대대장이 대리 임무 수행인데 그건 생각 안 하나?

단장은 대대장에 비해 결재해야 하는 것도 상당히 많았다.

박희재가 부대를 지키는 동안 마냥 놀 수만은 없다는 소리였다.

그런데도 이렇게 즐거워하는 걸 보면…….

'남에게 고통만 줄 수 있다면 본인의 고통은 얼마든 참을 수 있다는 건가?'

이해할 수 없는 노릇이었다.

대한은 박희재와 대대에 복귀한 뒤 일과를 빠르게 마무리했다. 그러고는 국방부로 파견 갈 짐을 챙기면서 남승수에게 말했다.

"담당관님, 이거 한번 보시겠습니까."

"이게 뭡니까?"

남승수가 공문을 보고는 고개를 내저었다.

"10일? 자리를 그만큼이나 비우십니까?"

"예. 그렇게 됐습니다."

"흠, 놀러 가는 게 아니란 건 잘 아는데…… 이거 10일 만에 가능합니까?"

남승수는 고종민 옆에서 모든 걸 보았기에 대강 시간이 오래 걸릴 거라는 걸 알았다.

그렇기에 대한이 고개를 저으며 답했다.

"십만 개라는데 저도 잘 모르겠습니다."

"이거 대충 볼 수도 없을 텐데…… 고생 좀 하시겠습니다?"

"후…… 일찍 마무리할 수 있으면 빨리 마무리하고 내려오겠습니다."

"당장 할 일도 없는데 뭐 하러 일찍 내려옵니까. 저도 인사과에서 혼자 있는 시간 즐기고 있을 테니 천천히 내려오십쇼."

남승수의 배려.

그 말에 대한이 슬쩍 미소 지었다.

"말씀이라도 고맙습니다."

"정말입니다."

그래도 어찌 마냥 맡길 수 있겠는가.

대한은 혹시 몰라 파견 기간 동안 생길 일들을 미리 확인하고 부대에서의 준비에 박차를 가했다.

✳

일요일 저녁.

대한이 기차를 타고 서울역에 도착했다.

체감상 정말 오랜만에 방문하는 서울역이었다.

'여긴 예나 지금이나 여전하네.'

마음 같아선 햄버거라도 하나 먹고 갈까 싶었으나 이미 선약이 있었다.

대한은 얼른 택시를 타고 이원영이 있는 곳으로 향했다.

도착한 곳은 이원영의 집 근처에 있는 소고기집이었다.

그러나 그곳에는 이원영만 있는 게 아니었다.

대한을 본 이원영의 사모가 대한을 반갑게 맞이했다.

"중위님, 오셨어요?"

"아, 예. 사모님. 오랜만에 뵙겠습니다."

그녀의 얼굴색이 한결 밝다.

아무래도 건강관리를 잘하고 있는 모양.

다행이었다.

그런데 사모까지는 예상했는데 그의 딸, 이연희까지 올 줄은 몰랐다.

대한을 본 그녀가 힐끗 인사했다.

"안녕하세요? 오랜만이네요."

"잘 지내셨습니까?"

"뭐, 똑같이 지내고 있죠."

인사가 끝나자 이원영이 웃으며 말했다.

"오느라 고생했다, 힘들었지?"

"아닙니다. 편하게 기차 타고 와서 괜찮습니다."

"그래, 얼른 먹어라. 배고프겠다."

"하하, 예. 잘 먹겠습니다."

이원영은 다 익은 고기를 대한에게 밀어주었고 이연희가 수저를 챙겨 주며 말했다.

"자, 여기요."

"감사합니다. 그나저나 식사 안 하십니까? 소고기는 타이밍 잘 맞춰 먹어야 하는데."

"이미 다 먹었어요."

대한은 테이블을 살피고는 고개를 기울였다.

"벌써 다 드셨습니까? 제 기억에는 잘 드셨던 것으로 기억하는데."

"그땐…… 하, 알아서 먹을 테니까 얼른 드시기나 하세요."

"넵."

이원영 내외가 두 사람을 흐뭇하게 바라본다.

✳

이원영 가족과 식사를 한 다음 날.

대한은 이원영과 함께 국방부로 출근했다.

그리고 공문에 안내된 사무실을 찾아 문을 열었다.

그런데 사무실 내부를 본 두 사람은 그대로 동작을 굳혔다.

이원영이 당황한 목소리로 대한에게 물었다.

"……아무래도 우리가 잘못 찾아온 것 같다."

"……여기가 맞을 겁니다."

이원영은 눈을 잠시 감으며 말했다.

"……아냐. 여긴 내가 봤을 때 법 관련 부서인 것 같아. 그게 아니고선 종이가 이렇게 사람 키만큼 쌓여 있을 리가 없어."

과장이 아니었다.

정말로 사람 키만 한 종이의 탑이 산처럼 쌓여 있었다.

테이블에 위는 물론 입구까지 온통 종이였다.

놀랍게도 그것들 모두가 감상문이었던 것.

이원영이 현실을 부정하던 그때, 복도에서 추지훈이 그들을 발견하고는 말했다.

"일찍 도착했네?"

"충성! 잘 지내셨습니까."

"너희 오기 전까지는 잘 못 지냈는데 이젠 잘 지낼 수 있을 것 같다. 안에 봤지? 그거 다 처리하기 전까진 못 가."

추지훈의 확증에 이원영은 두 눈을 질끈 감아 버렸다.

그 모습에 추지훈이 킬킬 웃으며 사무실 내부를 살폈다.

"근데 안에 애들 없던가? 담배 피우러 갔나?"

안에 사람이 있었다고?

그때, 서류 더미 사이에서 사람 하나가 튀어나왔다.

"충성!"

"어, 그래, 혼자 고생 많았다. 좀 있으면 하나둘씩 도착할 것 같으니 좀 쉬어 가면서 해라."

"예, 알겠습니다!"

밝게 대답하는 사람.

대한도 아는 얼굴이었다.

그는 행복나눔 125 감상문 아이디어를 처음으로 던진 사람으로 바로 54사단의 인사참모처장 우기호 대령이었다.

우기호의 밝은 대답에 이원영은 잠시 절망하는 듯하더니 이내 현실을 받아들이며 인사했다.

"오늘 도착한 건 아닌 것 같고 미리 올라와 있었는가 보네?"

"하하, 잘 지내셨습니까. 선배님. 제가 이거 계획했잖습니까. 일주일 전부터 올라와서 눈이 빠지도록 보고 있는 중이었습니다."

"이걸 혼자?"

"말도 마십쇼. 죽는 줄 알았습니다."

그 말에 이원영이 대한을 보며 물었다.

"혹시 넌 알고 있었냐?"

"무슨 말씀이신지 잘 모르겠습니다."

"하…… 알고 있었네, 이놈. 그나저나 큰일이네, 이거 10일 안에 다 할 수 있는 거 맞아?"

그러자 우기호가 웃으며 말했다.

"제가 팁을 알려 드리겠습니다. 금방 할 수 있을 겁니다."

"그럼 야근 안 해도 돼?"

"야근은 기본으로 한다고 생각하고 말씀드리는 겁니다."

"……그래. 미안하다."

"하핫, 괜찮습니다. 그나저나 김 중위, 난 너만 기다리고 있었다."

그런 기다림은 별로 안 반가운데…….

그러나 그리 말할 순 없었기에 얼른 웃으며 말했다.

"하하, 감사합니다."

"후후, 감사할 필요는 없어. 이젠 정말 고생해야 되거든."

우기호는 정말 대한만을 기다리고 있었는지 바로 해야 할 것들을 설명하기 시작했다.

"너무 어려워하지 말고 내가 시키는 대로만 해. 우선 이것들을 다 읽긴 해야 하지만 처음이랑 끝을 먼저 보고 쭉 읽어 봐. 잘 쓴 애들 걸 보면 처음이나 끝에 느낀 점이 들어가 있을 거야. 일단은 그걸 보고 1차적으로 선별해. 내가 일주일 동안 해 보니까 그렇게라도 안 하면 이거 한 달이 걸려도 못 끝내."

우기호의 말에 대한이 고개를 끄덕였다.

'감상문이니까 느낀 점이 확실하긴 해야지.'

감상문 중간에 느낀 점을 써 놓는 인원들은 드물 것이다.

물론 있을 수도 있었기에 꼼꼼히 봐야 하지만 일단은 우기호가 말한 부분을 재빠르게 확인한다면 큰 문제는 없을 것 같았다.

대한이 고개를 끄덕이며 말했다.

"알겠습니다. 그럼 바로 시작하겠습니다."

"그래, 눈 빠져라 한번 달려 보자."

그렇게 시작되었다.

세 사람의 십만 검토 대장정이.

✳

시간이 얼마나 지났을까?

세 사람은 잡담 한번 없이 고속으로 일을 쳐냈다.

중간에 추지훈도 합류하여 회의 전까지 꽤 도와주었고 어느 정도 시간이 지나자 국방부 회의 자리에서 봤던 얼굴들도 하나둘씩 나타났다.

대한은 그들에게 해야 할 일들에 대해 설명해 주었고 이내 사무실에는 종이 넘기는 소리만 들렸다.

그렇게 한참 뒤, 이원영이 시간을 확인하더니 자리에서 일어났다.

"대한아, 나가자."

"예, 좋습니다."

대한도 이원영의 담배 타임을 기다리고 있었다.

두 사람이 자리에서 일어나자 앉아서 열심히 종이를 넘기던 인원들 모두가 기다렸다는 듯이 자리에서 일어났다.

놀란 이원영이 물었다.

"다 같이 갑니까?"

"단장님이 일어나시기를 기다리는 중이었습니다."

"진작 말씀하시지…… 그럼 다 같이 가시죠."

현재 이곳의 최고참은 이원영이었기에 다들 그의 눈치를 볼 수밖에 없었다.

그들 중 흡연을 안 하는 인원들도 있었지만 바람을 쐬고 싶었는지 전부 따라 나왔고 대한은 흡연장 구석에 앉아 숨을 돌릴 수 있었다.

'하…… 이거 괜히 하자고 했나, 생각보다 처리 속도가 느리네.'

말 그대로였다.

사람이 꽤 붙었는데도 처리 속도가 느렸다.

그때, 대한의 표정을 읽은 우기호가 웃으며 말했다.

"생각보다 오래 걸리지?"

"예, 마음처럼 빨리 되질 않습니다."

"나도 처음엔 그랬다. 혼자 5천 개를 봤는데도 십수 배가 남아 있으니 어찌나 아찔하던지……."

"5, 5천 개 말씀이십니까?"

"그래, 그리고 주말 내내 뻗어 있었다."

"아…….."

오천 개라.

이 양반도 참 대단하네.

혼자 그 많은 양을 다 보다니.

하지만 대단하다는 생각보다 왠지 그가 안타깝게 느껴졌다.

대한의 눈빛에 우기호가 웃었다.

"왜 그렇게 보냐?"

"아닙니다, 아무것도."

"아무것도 아니긴…… 눈빛에 동정심이 가득하던데, 너라고 나처럼 안 될 것 같냐?"

"아…….."

그때, 두 사람의 대화를 듣던 이원영이 웃으며 끼어들었다.

"중위랑 뭐가 그렇게 즐거워?"

"선배님, 이놈이 저 좀 고생했다고 동정의 눈빛을 보내지 뭡니까."

"큭큭, 자주 겪어 봐라. 그것도 익숙해진다. 그리고 할 수 있으면 최대한 불쌍한 척해. 그럼 대한이가 많이 도와줄 거야."

"아, 그렇습니까?"

아니, 저 양반이 지금 무슨 말을 하는 거야?

근데 또 인사 쪽에서 잘나가는 양반인데 또 친해져서 나쁠 건 또 없긴 하고…….

대한이 얼른 사회적 미소를 장착하며 말했다.

"하하, 제가 도울 수 있는 건 최대한 돕겠습니다."

그러자 우기호가 얼른 대한에게 어깨동무하며 말했다.

"그럼 도움 좀 받아 볼까?"

"……지금 말씀이십니까?"

"지금 아니면 언제 받아?"

"아…… 저도 그렇게 생각했습니다."

"그치? 그런 의미에서 병사들 휴대폰 쓰게 하는 거에 대해서 어떻게 생각하나?"

휴대폰? 설마?

"혹시 일과 이후에 개인 휴대폰 쓸 수 있도록 하는 거 말씀이십니까?"

"어, 뭐야? 너도 생각하고 있던 거였냐?"

생각해 본 적은 없었다.

아직은 시기가 아니라고 했으니까.

하지만 병사들이 휴대폰을 쓰던 시기까지 군 생활을 하다가 오긴 했다.

'근데 설마 그게 이 양반 머리에서 나온 거였다니.'

제안서를 내고 그 제안이 적용되기까지의 시간을 생각한다면 우기호가 맞는 것 같기도 했다.

대한의 기억이 맞다면 병사들 휴대폰 사용은 지금부터 5년 뒤쯤부터 시작될 일이었고 그때쯤이라면 우기호가 장군이 되어 있을 수도 있는 시기였으니까.

대한이 놀란 감정을 최대한 숨긴 채 말했다.

"방금 참모님 말씀 듣고 떠올린 것입니다."

"이야, 그건 또 그거대로 대단하네. 역시 젊어서 그런지 머리 회전이 참 빨라. 그래서 어떻게 생각하나? 괜찮을 것 같아?"

괜찮다라.

긍정적인 부분이 분명히 있었다.

하지만 그런 일에는 명과 암이 공존하기 마련.

휴대폰 사용에 따라 사고도 엄청나게 벌어지긴 했다.

'그래도 큰 사고는 없었지.'

병사들도 기본적인 개념이 잡혀 있는 이들이었기에 보안 사고 같은 건 늘어나지 않았다.

그래도 인사 실무자 입장에서는 머리 아픈 일이었다는 게 사실.

대한은 조용히 미래를 받아들이기로 했다.

'어떻게든 일어날 일이라면 미리 잘 준비하는 게 맞겠지.'

이미 벌어졌던 일이고 이미 우기호도 생각하고 있는 게 보였기에 딱히 대한이 막을 수 있을 것 같지도 않았다.

애초에 그런 생각도 안 했고.

그러니 차라리 이럴 거면 문제없이 빠르게 자리 잡게 하는 것이 좋다고 판단했다.

"괜찮을 것 같습니다. 병사들이 가족들이랑 연락도 편하게 할 수 있고 개인적인 일도 쉽게 처리할 수 있으니 긍정적인 부분이 많아 보입니다."

대한의 대답에 우기호의 눈에 다시금 생기가 살아났다.

"잘 생각하고 이야기한 거 맞지?"

"예, 맞습니다."

그때, 두 사람의 대화를 듣던 이원영이 고개를 갸웃거리며 물었다.

"그거 너무 위험한 거 아니냐?"

"어떤 부분이 말씀이십니까?"

"보안 사고 나면 어떻게 하려고? 간부들이야 교육도 많이 받고 이걸 평생 하는 입장이니까 직장에 피해가 가는 짓을 안 한다고 쳐도 병사들은 전역 전 추억 만들기 한답시고 이것저것 정보가 유출될 수도 있을 것 같은데."

틀린 말은 아니다. 충분히 생각할 수 있는 문제점이었고 대한은 그걸 막을 방법을 알고 있었다.

"그런 건 앱을 설치하면 됩니다."

"앱?"

"예, 카메라 작동이 안 되는 앱을 만들어 설치한 뒤에 사용하게 하면 문제가 없을 것 같습니다."

"흠, 그런 방법이 있을 수도 있겠구나. 그런데 그거 만드는데 오래 걸리지 않냐?"

"오래 걸려도 잘 준비하는 게 좋지 않겠습니까. 어설프게 시작해서 사고 나는 것보단 이왕 할 거 제대로 하는 게 맞다고 생각합니다."

이는 이원영에게 하는 말임과 동시에 우기호에게 하는 말이기도 했다.

결국 진행자는 우기호일 테니.

아니나 다를까, 우기호가 고개를 끄덕이며 답했다.

"확실히 그 문제는 앱으로 해결하면 되겠네. 난 스티커라도 붙여야 하나 싶었다."

그놈의 스티커…… 떼면 그만인데 무슨 소용이겠나.

휴대폰을 걷으면서 테이프가 떼어졌는지 안 떼어졌는지 확인하는 소요도 만만치 않았다.

간부가 일일이 확인해야 했기 때문에 당직 근무에 일만 추가

할 뿐이었다.

고개를 끄덕이던 우기호가 진지한 표정으로 대한에게 말했다.

"역시 젊어서 그런지 머리 회전이 좋아. 대한아, 같이 한번 잘 준비해 보자."

"예?"

"네 이름까지 넣어서 상부에 계속 보고하는 거지. 자력 한 줄 제대로 만들어 주마."

"아⋯⋯."

대한은 순간 선뜻 대답하지 못했다.

우기호의 제안 자체는 고마웠으나 그의 제안이 대한에게 도움이 될지는 미지수였으니까.

'병사들이 휴대폰 쓰는 걸 싫어하는 간부들도 많았으니까.'

모든 간부들이 여기 모인 사람들처럼 병사들 복지에 관심이 많은 건 아니었다.

군대에는 여전히 '꼰대'라 불리는 딱딱한 사고방식을 가진 옛날 군인들이 많았고, 그들은 병사들의 휴대폰 사용에 대한 불만들이 많았으니까.

'괜히 그런 사람들한테 찍히는 거 아닐까 몰라.'

하지만 이제 와서 어떻게 내뺄 수 있으랴?

후퇴는 죽음뿐이었다.

대한은 얼른 정신 차리고는 대답했다.

"예, 좋은 기회 주셔서 감사합니다."

"하하, 네가 해 준다면 내가 오히려 감사하지. 든든하다, 대한아."

"참모님 아이디어가 더 대단하십니다. 그런 참신한 아이디어를 내시는 데 제가 거절할 이유가 없지 않습니까."

우기호는 대한의 답변에 감동한 듯 눈을 반짝였고 그런 우기호를 보며 이원영은 고개를 내저었다.

"조심해라, 저 사탕발림 같은 말도 한두 번이나 듣기 좋지. 계속 들으면 너무 달아서 머리 아파진다."

"하하, 부하 뺏기는 거 같으십니까?"

"뺏기기는…… 한번 부하는 영원한 부하지."

그의 말에 대한이 얼른 고개를 끄덕였다.

그러자 이원영도 만족스러운지 얼굴에 미소를 그렸다.

잠시 후, 심사 위원들은 모두 사무실로 다시 들어갔고 그렇게 퇴근 시간이 될 때까지 집중력을 잃지 않았다.

그때쯤 추지훈이 사무실에 다시 나타났다.

"다들 퇴근 안 하냐?"

그러자 모두 이원영의 눈치를 봤고 그 눈치에 이원영이 황당하다는 듯 주변을 둘러보고는 답했다.

"슬슬 정리하겠습니다."

"이 대령. 군기를 얼마나 잡았길래 하루 만에 눈치를 이렇게 봐?"

"오, 오해하시는 겁니다. 전 아무 말도 안 했습니다."

"아냐, 이렇게 여러 곳에서 모였는데 군기는 확실하게 잡고 가는 게 좋지."

"지, 진짜 아닙니다. 아니 왜 다들 아무 말도 안 하는 거야?"

그 말에 우기호가 센스 좋게 불쌍한 표정을 지으며 물었다.

"저희 퇴근해도 되겠습니까?"

"하, 너까지……."

그 대화에 추지훈이 피식 웃으며 말했다.

"오늘은 여기까지 하고 다들 정리하고 나와 저녁 사 줄 테니까."

"예, 알겠습니다."

"그래, 그럼 흡연장에서 보자."

추지훈이 사무실을 벗어나자 이원영이 주변을 둘러보며 말했다.

"나 혼자 참모 아니라고 너무들 하시네."

그때 대한이 얼른 자리에서 일어나 이원영에게 붙었다.

"전 단장님 편입니다."

"너도 똑같은 놈이야. 아무 말 안 했잖아?"

이원영의 원망 섞인 말에 사무실은 웃음바다가 됐다.

이윽고 사무실 정리를 마친 일행은 그대로 흡연장으로 향했고 추지훈과 함께 국방부 인근에 위치한 고깃집으로 향했다.

다들 착석하자 추지훈이 모인 간부들을 향해 말했다.

"일단 식사부터 하자고 다들 첫날부터 고생했다."

"예, 감사히 잘 먹겠습니다!"

대한이 씩씩하게 대답하자 다들 웃음이 터졌다.

추지훈도 기분이 좋아졌는지 대한에게 웃으며 말했다.

"밖에서까지 그렇게 군기 잡힌 모습 안 보여 줘도 된다."

"하하, 넵! 조심하겠습니다!"

"웃긴 놈이네, 그걸 어떻게 조심할 건데?"

"죄송합니다!"

"참 나, 먹기나 해라."

"옙! 감사합니다!"

센스 좋은 대답에 다들 또 한 번 웃는다.

이윽고 식사가 시작됐고 대한은 열심히 고기를 구워 추지훈
과 이원영에게 나눠 주었다.

그 모습을 본 두 사람은 대한의 씩씩함에 기분 좋게 웃으며
말했다.

"대한이가 고기를 참 잘 굽네. 밥 먹을 때마다 불러야겠어."

"저도 처음 알았습니다. 항상 제가 구웠었는데 이제부턴 대
한이 시켜야겠습니다."

"여태까지 대한이가 안 굽고 이 대령이 구웠다고? 하, 군대
가 거꾸로 돌아가는구만?"

"저희 때랑 많이 다릅니다. 기획관님."

"어쩐지…… 평가관으로 갔을 때부터 무섭더라니. 조심해야 겠어."

그 말에 대한이 피식 웃는다.

식사 자리는 즐겁게 이어졌다.

다들 동년배인데다 짬이 찰대로 차서 각자 부대 이야기는 물론이고 본인의 자랑들을 늘어놓았다.

대한은 그들의 대화를 들으며 속으로 고개를 끄덕였다.

'군대 이야기만큼 재밌는 것도 없지.'

그렇게 분위기가 어느 정도 무르익을 때쯤 배가 찬 추지훈 이 몸을 뒤로 젖히며 말했다.

"요즘 부대 관리하는 데 힘든 점은 없나?"

"예, 편하게 관리 중입니다."

"전방에는 큰 사고 한두 개씩 터지고 있으니까 다들 조심해. 관리 확실히 해서 군 생활에 지장 없도록 하라고. 나태하게 방 치하다가 벌어지는 사고는 그 누구라도 커버 못 해 주는 거 잘 알지?"

"하하, 예, 물론입니다."

"좋아, 그나저나 요즘 공병단에서 계획하는 거 뭐 없나?"

"어떤 것 말씀이십니까?"

"그냥 뭐 상 받을 만한 거?"

노골적인 물음.

대한을 겨냥한 것이었다.

그가 말을 이었다.

"슬슬 나도 보직 끝나 가는데 가기 전에 챙겨 줄 수 있으면 챙겨 줘야지. 제대로 된 결과물만 가져와 봐."

그 말에 간부들은 얼른 고민하기 시작했다.

대한도 마찬가지.

그때 무엇인가 떠오른 대한이 추지훈에게 조심스레 말했다.

"저, 기획관님."

"어, 말해 봐."

"상 받을 만한 건 아닌데 해 봤으면 하는 게 하나 있습니다."

"뭔데?"

"축구 대회를 한번 해 보면 어떨까 싶습니다."

"축구 대회……?"

전혀 생각지 못한 단어에 식사 자리에 있던 간부들 모두가 고개를 갸웃거렸다.

고개가 기울어질 만했다.

그도 그럴 것이 축구 대회는 각자의 부대에서 알아서 하고 있는 것이었으니까.

하지만 대한의 입에서 나온 이상 규모가 그렇게 작을 거라고 생각하는 사람은 없었다.

추지훈이 물을 들이켜고는 물었다.

"생각하고 있는 거 편하게 한번 말해 봐."

"일단 사령부급 부대에서 대표 팀들을 뽑는 겁니다. 그리고 토너먼트를 여는 것이 어떻겠습니까?"

"하여튼 일 벌리는 데 뭐 있다니까. 그럼 또 전군 대상이라는 말이냐?"

"하하, 예. 그렇습니다."

육군만이 아니었다.

해군, 공군, 해병대 모두 포함한다는 뜻이었다.

추지훈은 고개를 끄덕이고는 대한에게 물었다.

"그냥 하자는 건 아닐 테고 우리가 얻는 게 뭐냐? 있긴 있어?"

역시 장군은 달랐다.

큰 그림을 제대로 보고 있었고 대한이 웃으며 말했다.

"군에 긍정적인 이미지를 국민들에게 보여 줄 수 있다고 생각합니다. 사고만 보여 주는 것이 아니라 다른 모습들도 보여주고 경기 사이사이 인터뷰도 진행하면서 병력들이 군 생활을 즐겁게 하고 있다는 모습을 보여 주면 좋을 것 같습니다. 어쨌든 억지로 끌려온 청춘들이니 장병들에게 좋은 추억을 심어 주고 국민들에겐 건강한 모습들을 보여 주면 이래저래 효과가 좋을 것 같습니다."

사고를 덮자는 게 아니었다.

사고만 보여 주지 말자는 것.

국가에 아들을 맡긴 부모님들에게 군대도 사람 사는 곳이라는 걸 알려 줘야 했다.

대한의 말을 들은 간부들은 이내 대한의 제안에 대한 문제점을 찾기 시작했다.

까 내리기 위해 찾는 게 아니었다.

참모들은 원래 계획의 단점과 구멍을 찾는 사람들이기에 습관적으로 머리를 굴리는 것뿐이었다.

물론 그렇다고 해서 대한이 겁먹을 이유는 전혀 없었다.

아무거나 제안해 보라고 해서 말 그대로 아무거나 생각난 김에 던져 본 거니까.

'어차피 내가 총대 멜 것도 아니고.'

난 그저 제안만 할뿐.

그러니 거절당해도 전혀 아쉬울 게 없었다.

그런데 추지훈은 의외로 대한의 말에 관심을 보이기 시작했다.

"나쁘진 않겠구나."

"정말이십니까?"

"어, 병사들 위주로 경기한다면 국민들도 거부감은 없을 것 같다. 아직도 군대에서 고생만 시킨다고 생각하시는 분들 생각도 바꿔 볼 겸 한번 해 보는 게 나쁘지 않겠구나."

그 말에 다른 간부들이 얼른 고개를 끄덕이기 시작했다.

장군이 괜찮다는데 그 누가 반대를 할까?

'반대할 시간에 보완점 찾는 게 더 맞는 판단이지.'

추지훈이 대한을 향해 웃으며 말했다.

"보직 바뀌고 군 생활도 정신이 없을 텐데 기특하게 국민들 시선까지 생각하고 있었어?"

"하하, 계속 하고 있던 건 아니고 갑자기 떠오른 것입니다."

"평소에 생각하고 있었으니 이런 게 갑자기 튀어나오는 거지. 무튼 잘 생각했다. 최근에 뭐 잘하는 걸 보여 준 적이 없는 것 같았는데 이거라도 해 보면 좋을 것 같구나. 내가 내일 보고하고 결과 알려 주마."

"예, 알겠습니다."

"아참. 발언한 사람이 계획 짜는 거 알지?"

"······예?"

"내일 허락받으면 초안 만들어서 보고해."

추지훈의 말에 식당에 있던 사람들이 바로 입을 닫았다.

여기서 보완점을 말하는 순간 최소 그 일을 같이해야 할 게 뻔했으니까.

대한이 이원영을 바라봤다.

그러자 이원영이 피식 웃으며 말했다.

"기획관님 위에 단독으로 보고할 기회가 흔한 줄 알아? 좋은 기회라 생각하고 초안 잘 만들어서 드려라."

"진짜 저 혼자 합니까?"

"난 내기만 할 줄 알지. 축구는 잘 몰라."

이원영도 발을 쏙 빼 버렸다.

대한은 괜히 말했나 싶다가도 이원영의 말을 되새겼다.

'그래, 뭐 보고서 만드는 건 어려운 일 아니니까. 좋게 생각

해야지.'

영천시에 축구 대회를 만들어 달라고 부탁 안 해도 되었기에 그냥 다른 일을 하나 하는 거라 생각하기로 했다.

추지훈은 대한이 결심한 듯 보이자 자리에서 일어나며 말했다.

"대한이 너랑 이야기만 했다 하면 뭐가 하나씩 생기는구나. 너 같은 부하가 여럿 있었으면 지휘관 안 하고 참모만 했겠다."

칭찬이겠지?

대한은 그의 말에 밝게 웃었고 추지훈이 대한의 어깨를 두드려 주며 말했다.

"너무 부담가지지 말고 편하게 해 봐. 정 힘들면 여기 있는 사람들한테도 물어보고. 그러다 안 도와주는 사람 있으면 나한테 조용히 말하고."

"하하, 예. 알겠습니다."

식사를 마친 뒤, 추지훈이 집으로 복귀했고 나머지 인원들은 숙소로 향했다.

숙소 앞에 모인 사람들 중 흡연할 사람들은 흡연을 하기 시작했고 비흡연자들도 그들을 기다려 주며 이야기를 했다.

그리고 그 이야기의 중심에는 대한이 있었다.

안기호가 웃으며 대한에게 말했다.

"축구 대회라길래 당연히 거절당할 줄 알았더니만 거기에 국민들 시선을 넣어서 통과시켜 버리네. 참 대단한 놈이다. 너도."

"하하, 감사합니다."

"기획관님이 결재해서 공문 내리시는 거니까 보고서가 자세할 필요는 없을 거야. 그냥 긍정적인 효과 위주로만 적어서 보여 드려."

대한도 같은 생각이었다.

그냥 사령관급 부대에 기한을 정해 주고 대표 부대를 뽑으라고 할 생각이었다.

'전군에 있는 부대 일정 고려해서 대진표를 만들 순 없잖아.'

대한이 고개를 끄덕이며 말했다.

"생각 잘 해 보고 만들어 보겠습니다."

"도와주고 싶은데 아직 참신한 생각이 안 떠오른다. 생각나면 바로 말해 주마."

우기호가 대한에게 도와준다고 하자 너도나도 대한을 도우려고 나서 주었다.

하나 그들의 생각들을 모두 들어 봤지만 딱히 마음에 와닿는 건 없었다.

'좋긴 한데 진부하다.'

하나같이 식상한 것들뿐.

그래도 일단 기억은 해 두기로 했다.

흡연을 마친 이원영이 사람들에게 말했다.

"내일 또 하루 종일 감상문 읽어야 할 텐데 얼른 들어가들

보시죠?"

"아……."

즐거운 식사 자리 덕에 다들 잠시 잊고 있었다.

이원영의 말에 다들 우르르 각자 숙소로 복귀했다.

그나마 다행인 점은 다들 편히 쉬라고 추지훈이 1인 1실을 배정해 주었다는 것.

대한은 재빠르게 씻고 나와 책상에 앉아 펜을 잡았다.

'초안은 빠를수록 좋다. 괜한 기대감을 갖기 전에 얼른 보여 주고 피드백 받자.'

당장 내일 아침에 출근하자마자 보고서를 만들어 줄 생각이었다.

대한은 펜대를 잡고 잠시 고민한 끝에 좋은 생각이 떠올라 휴대폰을 들었다.

"충성! 선배님, 사회생활 잘하고 계십니까?"

―끅, 하아…… 대한아, 사회는 지옥이야.

대한이 전화한 사람.

다름 아닌 안유빈이었다.

안유빈은 술에 잔뜩 취한 목소리로 대한의 전화를 받았는데 의아함에 시간을 확인해 보았다.

'20시도 안 됐는데 벌써 이렇게 취했다고?'

대한의 기억으로 안유빈은 술을 좋아하는 사람이 아니었다.

그런데도 벌써 취했다는 건 회식일 가능성이 높다는 말.

대한이 웃으며 물었다.

"회식 중이십니까?"

─응, 요즘 주에 8일은 술 먹는 것 같다. 하, 죽겠다. 진짜. 일주일 내내 회사 앞을 벗어나질 못해.

대한은 안유빈이 안타까운 것과 동시에 웃음이 터져 나왔다.

"하하, 꺼내 드리러 갑니까?"

─여기가 어딘 줄 알고 온다는 거야? 영천에서 바로 출발해도 4시간은 걸리겠다.

"지금 차 좀 덜 막히지 않습니까? 한 15분이면 갈 겁니다."

─응? 그게 무슨 소리야?

"바로 갈 수 있습니다."

─크크, 너도 술 마셨냐? 진짜 15분 만에 와서 전화하면 내가 소원 하나 들어준다.

"정말이십니까?"

─그럼. 당연하지.

대한은 조용히 웃음을 참으며 휴대폰으로 검색했다.

'15분이면 무조건 가겠네.'

지금의 숙소와 안유빈의 회사까지의 거리는 그렇게 멀지 않았다.

서울의 교통을 생각하더라도 충분히 도착할 수 있는 거리.

마침 건수도 적당했다.

대한이 웃으며 말했다.

"전화기 들고 딱 기다리고 계십쇼."

—뭐야, 진심이야?

"좀 있다 뵙겠습니다."

대한은 그대로 전화를 끊고 재빨리 숙소에서 나왔다.

그리고 택시를 타고 안유빈의 회사 앞으로 이동했고 안유빈에게 다시 전화를 걸었다.

"선배님, 저 조선신문 앞입니다."

—아, 장난치지 말라니까.

"진짭니다. 신문사 옆 골목 들어가는 길에 편의점 있고 그 앞에 카페 있고."

—그건 어떤 동네든 똑같잖아.

"후후, 진짭니다. 저 선배님 회사 앞입니다. 어디 계시는지 말씀해 주십쇼. 얼굴 보여 드리겠습니다."

—뭐야, 진짜야? 나 그 회사 오른쪽 골목 안에 있는 전집에 있어.

"금방 갑니다."

전화를 끊은 대한은 안유빈이 말한 전집 앞에 도착했다.

안유빈은 입구에서 대한을 발견하고는 귀신이라도 본 것처럼 소스라치게 놀라며 말했다.

"뭐야? 네가 왜 여기 있어?"

"선배님 구해 주러 오는데 15분 만에 와야죠."

"비행기도 그거 보단 안 빠를 거 같은데…… 설마 너 서울이었냐?"

"예. 단장님이랑 국방부에 와 있습니다."

"아, 제대로 속았네."

"그래도 그새 술이 좀 깨신 것 같습니다?"

"부장님이 나 죽을 것 같다고 조금 쉬라고 하셔서 살아나는 중이다."

"안에 누구 계십니까?"

"부장님이랑 사수랑 있어."

"잘됐습니다. 소원 들어주실 거죠?"

"치사하게…… 이거 사기 아니야?"

"일단 제대로 시간 안에 왔지 않습니까. 제 위치 안 물어보신 게 잘못 아닙니까?"

반박할 수가 없다.

그렇기에 안유빈이 한숨을 쉬며 물었다.

"무슨 소원인데?"

"술자리에 같이 끼워 주십쇼."

"……엥?"

"술자리에 끼워 주시는 거, 그게 제 소원입니다."

그 말에 안유빈이 당황하며 말했다.

"아, 아니, 넌 저분들이랑 술은 왜 마시려고 하는데? 그냥 나중에 내가 술 사 줄게."

"제가 설마 술 먹고 싶어서 이런 말씀드리겠습니까? 선배님한테도 좋은 기회가 될 것 같으니까 잘 말해 주십쇼."

그 말에 안유빈은 당황했으나 일단 믿어 보기로 했다.

다른 사람도 아니고 대한이었으니까.

"하, 일단 여쭤보고 올게."

"예, 다녀오십쇼."

안유빈이 잠시 들어가더니 이내 부장과 사수를 같이 데리고
나왔다.

얼큰하게 취한 부장은 대한을 보고는 웃으며 손을 내밀었다.

"반가워요. 같이 술 먹고 싶다고 했다고?"

"하하, 반갑습니다. 김대한이라고 합니다."

"재미있는 후배라 해서 나와 봤더니 재미있는 관상이 아닌
데?"

"하하, 생긴 건 이래도 지루하시진 않으실 겁니다."

"뭐, 좋아요. 우리가 또 새로운 사람들이랑 이야기하는 거
즐거워하잖아. 그나저나 술은 잘 마셔요? 유빈이처럼 술 못 먹
으면 애초부터 시작을 안 했으면 좋겠는데?"

그 말에 대한이 웃으며 답했다.

"선배님보다는 술 잘 먹습니다."

"오, 패기 좋네. 오케이. 그럼 같이 한잔해 보죠. 말 편하게
해도 되죠?"

"예, 편하게 하십쇼."

"그래, 담배는 안 피워?"

"예, 안 피웁니다."

"흠, 선배가 안 피워서 그런가? 후배도 안 피우는구만."

부장은 안유빈을 바라보고 눈치를 줬고 안유빈은 어색한 웃음으로 받아쳤다.

담배에 불을 붙인 부장은 안유빈과 대한을 번갈아 보며 말했다.

"내가 부장 달고 나서부터는 나랑 술 먹자는 사람이 없었는데 이건 진짜 반가운 일이야. 너 후배 자주 데리고 와라. 그거 하나만으로도 마음에 든다."

"이 친구 영천에 있어서 자주 못 옵니다."

"영천? 거기서 여기까지 어떻게 온 거야?"

부장이 놀라며 물었고 안유빈이 상황을 설명했다.

그러자.

"후배가 국방부에 와 있다고……?"

대한을 보는 부장의 눈빛이 전과 다르게 몹시 흥미로워지기 시작했다.

Chapter 3

부장의 말에 안유빈이 얼른 고개를 끄덕였다.

"예, 군 생활 잘하는 친구라 장군들한테 많이 불려 다닙니다. 저도 이 친구 덕분에 국방홍보원도 가 봤습니다."

"이야…… 그냥 패기 있는 친구인 줄 알았더니 능력도 있는 친구였구만?"

대한은 부장에 관심에 미소로 답했다.

그 미소에 부장은 대한을 빤히 쳐다보더니 이내 담배를 껐다.

"좋아, 그럼 말 나온 김에 능력 있는 친구가 얼마나 큰 야망을 갖고 있는지 한번 볼까?"

부장의 눈에 이채가 띤다.

이것은 일종의 테스트일 터.

물론 자신은 있었다.

주량하면 또 대한이었으니까.

그런데…….

'와, 이 양반 진짜 장난 없네.'

자리에 앉은 대한은 테이블 위에 놓인 아홉 병의 빈 소주병들을 보며 헛웃음을 터뜨렸다.

심지어 몇 병은 걸리적거려서 치운 거란다.

안유빈이 얼마나 고생하고 있었는지 안 봐도 뻔했다.

대한은 마음을 단단히 먹기로 했다.

자신은 이 자리에서 반드시 얻어 가야 할 게 있었으니까.

이윽고 술자리가 다시 재개되었고 대한은 부장과 함께 대작하기 시작했다.

안유빈은 대한 덕분에 몸을 숨긴 채 휴식을 취할 수 있었다.

그렇게 얼마나 먹었을까?

처음에 보았던 술병만큼 테이블에 다시 술병들이 쌓였을 때 부장이 호쾌하게 웃으며 말했다.

"크흐! 대한이, 너 술 좀 먹는다?"

"하하, 부장님에 비하면 아무것도 아니죠."

"웃기고 있네. 아무리 그래도 20대 간을 어떻게 이기나?"

부장은 정말로 기분이 좋은지 대한을 칭찬하며 다시 잔을 채워 주었다.

"그나저나 이 자리가 유빈이한테 좋은 기회가 될 거라고 했다며?"

은근한 어조.

드디어 인트로가 끝나고 본편이 시작됐다.

정신이 번쩍 든 대한이 능구렁이처럼 웃으며 말했다.

"아, 그것도 말했습니까?"

"그래, 우리가 또 군대 쪽으로 많이 파고 있거든. 나도 그렇고 유빈이 사수도 그렇고 다 학군단 출신이야."

어쩐지 국방부 이야기에 눈빛부터가 바뀌더라니.

대한이 속으로 웃었다.

'이러면 일이 더 쉬워지지.'

일거리를 찾아야 하는 기자들에게 일거리를 물어다 주는데 싫어할 기자가 어디 있겠나.

대한은 자세를 바로 하고 입을 열었다.

"사실 선배한테만 살짝 물어보려고 전화한 거였는데 마침 회식하시는 것 같길래 기회다 싶어서 여기까지 오게 됐습니다."

"실행력 좋네. 계속해 봐."

"예, 지금 제가 정책기획관님 지시받고 계획 세우고 있는 것이 있는데 이게 스케일이 좀 큽니다."

"얼마나 큰데?"

"전군을 대상으로 하는 겁니다."

"꽤 크네?"

"예, 취지 자체도 국민들에게 좋은 모습 보여 주려고 시작하는 거라…… 그래서 홍보가 제일 중요하다고 생각하던 차였습니다."

"그럼 우린 기사만 써 주면 되는 거야?"

"그런 거 부탁할 것 같았으면 여기까지 오지도 않았습니다."

그 말에 부장이 고개를 갸웃했다.

"그럼? 우리가 기사 쓰는 거 말고 할 줄 아는 게 뭐가 있다고?"

"취재도 하시지 않습니까?"

"하지?"

"그럼 저희 준비 과정부터 해서 예선, 본선, 토너먼트 전부 다 촬영해서 영상 하나만 만들어 주십쇼. 협조는 확실하게 해 드리겠습니다."

"영상이라…… 장르는?"

"축구입니다."

"축구?"

"예, 우선은 가장 친숙한 축구부터 한번 시도해 볼 생각입니다."

"축구라…… 축구 좋지. 군대에서 축구 이야길 빼면 쓰나. 근데 전군이면 육해공 전부가 하나?"

"그건 좀 힘들 것 같습니다. 일단은 육군부터 시험해 보고 차차 확대해 나갈 것 같습니다."

"아쉽네, 만약 진짜 전군이 참가하는 거였으면 미국처럼 육사랑 해사가 붙는 그런 광경이 나올 수도 있었을 텐데."

그럼 스케일이 말도 안 되게 커지겠지

그래도 흥미가 제법 가는지 부장이 옆에서 조는 이들을 깨웠다.

"야야, 다들 안 일어나냐? 지금 일 이야기 중인데 누가 졸고 있으래?"

"아, 어, 죄, 죄송합니다!"

두 사람이 부장의 호통에 얼른 일어나자 대한은 조금 전 말했던 내용을 두 사람에게 다시 말해 주었다.

그러자 이내 사수가 진지한 표정으로 답했다.

"부장님, 나쁘지 않을 것 같은데요? 나중에도 조회도 많이 될 것 같고 광고 붙이기도 좋을 것 같습니다."

다행히 긍정적인 반응.

부장이 이어 정신 차린 안유빈에게 물었다.

"넌 어떻게 생각해?"

"그, 어…… 저도 괜찮은 것 같습니다."

"아, 자식이. 내가 이런 거 말할 땐 항상 괜찮은 근거 하나쯤은 대라고 했지?"

"아, 예! 제 후배가 제안하는 걸 보니 저한테도 도움이 많이 될 것 같습니다."

"……뭐?"

부장은 어이없다는 듯 대한과 안유빈을 번갈아 보았다.

그리고는 피식 웃으며 말했다.

"어이가 없네……."

"죄, 죄송합니다."

"근데 마음에 들긴 하네. 오히려 이런 근거가 더 쓸 만할 수
도 있는 거니까."

"하하…… 감사합니다."

"칭찬 아니야."

"……죄송합니다."

부장이 대한에게 술을 따라 주며 말했다.

"일단 보고하고 다시 연락 줘. 내일 보고 들어가는 거지?"

"예, 그렇습니다."

"하, 근데 추지훈 그 양반이랑은 사이가 좀 안 좋은데……."

"어, 기획관님을 알고 계십니까?"

"당연히 알고 있지. 내가 까발린 사고들이 몇 갠데."

이건 대한의 예상 범위 밖이었다.

'아…… 생각해 보면 제일 큰 신문사 부장인데 요직에 앉은
사람 한두 명 정도 모르고 있는 게 더 이상하네.'

이렇게 되면 추지훈의 허락이 날지가 의문이었다.

하지만 이내 걱정하지 않기로 했다.

'뭐라고 하면 그냥 덮지, 뭐.'

여기에 군 생활을 다 건 것도 아니고 다른 일도 할 게 많았
다.

그러니 모 아니면 도로 가면 된다.

그래도 마음 자체는 편했다.

어쨌든 제대로 된 보고서를 쓸 수 있게 됐으니까.

이번엔 대한이 부장에게 술을 따라 주며 말했다.

"내일 오전 중으로 보고드린 뒤에 전화드리겠습니다. 혹시 명함 있으시면 하나만 주시겠습니까?"

"그냥 주면 재미없지."

"예?"

"오랜만에 술자리 재밌는데 벌써 파해서야 쓰나. 계산할 때 줄 테니까 끝까지 한번 가 보자고."

하.

아깐 20대 간은 못 이기겠다며?

대한은 내일 출근이 걱정됐지만 웃으며 잔을 들었다.

이런 것도 견뎌야 할 사회생활이라고 생각했으니까.

그렇게 술자리는 계속해서 이어졌고 자정이 넘어서야 겨우 끝마칠 수 있었다.

대한이 핑핑 도는 정신줄을 붙잡으며 생각했다.

'진짜 한 짝을 채울 줄이야.'

정말 오랜만에 토하도록 마셨다.

그래서 걱정됐다.

내일 사무실에 술 냄새가 진동할 것 같아서.

명함을 받아 든 대한은 허리 굽혀 인사한 뒤 택시를 잡기 위해 대로변으로 갔다.

그러다 이내 포기하고 걷기 시작했다.

숙소까지 걸어가며 술기운을 털어 내기 위해서였다.

그렇게 약 한 시간을 걸은 끝에 대한은 숙소에 도착할 수 있었는데 때마침 숙소 밑 흡연장에서 흡연하고 있는 이원영을 발견할 수 있었다.

대한이 이원영에게 다가가며 말했다.

"아직 안 주무셨습니까?"

"응? 뭐야? 너 어디서 나오는 거야?"

"안유빈 선배 좀 보고 오는 길입니다."

"유빈이? 아, 걔 회사가 이 근처지?"

이원영은 시간을 확인하고는 고개를 끄덕였다.

그러다 대한에게 나는 술 냄새에 미간을 찌푸렸다.

"어후, 냄새 봐라. 술을 얼마나 먹고 온 거야?"

"좀 많이 마시긴 했습니다."

"내일 근무도 해야 하는 놈이 이렇게까지 마셔? 부대에 있을 때는 안 먹는 거 같더니만."

이원영의 좁혀진 미간에 대한은 얼른 웃으며 조선 신문 부장의 명함을 꺼내 내밀었다.

"저도 마시고 싶어서 마셨다기보단 내일 있을 보고를 위해 사회생활 한번 경험하고 왔습니다."

"사회생활? 근데 이건…… 엥? 조선 신문 변성인 부장? 너

로또부터
장군까지

이 사람이랑 같이 먹은 거냐?"

"예, 그렇습니다. 축구 대회 할 때 직접 군부대로 와서 취재도 하고 영상 촬영도 해 주기로 했습니다."

"넌 무슨…… 이젠 하다못해 조중동 부장까지 구워삶아 먹냐? 그나저나 대체 얼마나 마신 거야?"

"한 짝 정도 마신 것 같습니다. 그분 주량이 어찌나 상당하던지……."

그 말에 이원영이 피식 웃었다.

그래, 이게 대한이지.

설마 자기가 아는 그 대한이 이유 없이 술 먹고 놀았을까 봐.

이원영이 웃으며 말했다.

"고생했다, 이것만 피우고 같이 올라가자꾸나."

"예, 단장님."

대한은 이원영의 옆에 앉아 숨을 돌렸다.

그러자 이원영이 고개를 갸웃거리며 물었다.

"많이 힘드냐? 숨소리가 거칠다?"

"아, 술 좀 깨려고 걸어와서 그렇습니다."

"걸어왔다고? 어디서부터?"

대한이 위치를 설명해 주자 이원영이 입을 반쯤 벌리며 말했다.

"그 와중에 술 깨려고 걸어올 생각을 다 하다니…… 넌 진짜 정신력 하나는 끝내주는 놈이다."

"하하, 감사합니다. 내일 업무에 지장 안 가게 하려면 이 방법밖엔 없다고 생각했습니다."

"넌 참…… 아니, 그나저나 부장 그 양반은 미필이냐? 내일 출근해야 하는 애한테 술을 왜 이렇게 먹인 거야?"

"사회에서 받은 스트레스가 많으신 분 같아 보였습니다. 학군 출신이랍니다."

"학군이라고? 그럼 더 용서가 안 되는데…… 흠, 일단 다음에 또 그 양반 만날 때 되면 나도 같이 데려가거라. 내가 버릇을 좀 고쳐 놔 주마."

"하하, 네, 감사합니다. 다음에 혹시 기회가 생기면 바로 보고드리겠습니다."

"그래, 얼른 들어가서 씻고 취침하거라. 내일 아침에 보자."

"예, 편안한 밤 되십쇼."

"잘 자라."

그렇게 두 사람은 웃으며 헤어졌다.

＊

다음 날 아침.

대한은 이원영과 함께 일과 시작 1시간 전에 출근을 완료했다.

대한은 업무를 하라고 알려 준 컴퓨터에 앉아 서둘러 보고서를 작성하기 시작했다.

그렇게 10분 만에 보고서를 완성했고 이원영에게 보고서를 보였다.

이원영이 보고서를 보고는 피식 웃었다.

"장군들이 딱 좋아할 만한 보고서네."

"다행입니다."

"구구절절 설명도 없고 깔끔하다. 좀 있다 기획관님 오시면 바로 보여 드려라."

"예, 알겠습니다."

"담배나 한 대 하자."

두 사람은 자연스럽게 흡연장으로 이동했다.

아직 출근 시간이 아니었기에 흡연장은 조용했다.

이원영이 담배를 꺼내며 웃으며 말했다.

"사람 없어서 좋네. 여긴 담배 피우는 것도 어찌나 눈치가 보이던지."

"단장님이 제일 높으신데 눈치 보이실 게 있으십니까?"

"너도 이 자리까지 와 봐라. 그럼 내 말 뜻을 알 테니. 원래 자리란 게…… 헛, 충성!"

그때, 이원영이 자리에서 일어나 얼른 경례했다.

갑자기 추지훈이 흡연장에 나타난 것이다.

추지훈이 이원영의 경례를 받아 주며 말했다.

"뭐야, 벌써 출근했어?"

"평소 출근하던 대로 나왔습니다."

"야, 파견 온 사람들이 이렇게 일찍 나오면 우리 부담스러워서 일 못해."

"하하, 그럼 내일부턴 천천히 출근하겠습니다."

"뭐, 꼭 그렇다는 건 아니고…… 흠흠, 난 항상 이 시간에 나오니까 그때 흡연장에서 보던지."

"예, 알겠습니다."

그 말을 하며 추지훈이 웃는다.

추지훈은 두 사람이 참 마음에 들었다.

군 생활도 열심히 할 뿐더러 능력도 좋았으니까.

추지훈이 대한을 보며 물었다.

"숙소는 안 불편하더냐?"

"예, 편하게 쉬었습니다."

"멀리서 오는 놈들이라 내가 신경 좀 썼다. 계획은 좀 생각해 봤어?"

"예, 생각해 놨습니다."

"오, 그래? 그럼 초안 보고서는 일단 나중에 만들고 말만 해 봐. 오전에 보고 들어갈 때 말하고 오려니까."

대한은 추지훈의 말에 혹시 몰라 가지고 온 보고서를 내밀며 말했다.

"보고서 이미 작성해 놨습니다."

"……벌써?"

"예, 출근하자마자 작성해서 출력했습니다."

추지훈은 이원영을 바라보았고 이원영이 고개를 끄덕이자 헛숨을 삼키며 고개를 저었다.

"요즘 애들 무서워…… 어쩌면 우리 때 보다 더 빠른 거 같아."

"대한이 놈이 특이한 거 아니겠습니까."

"그것도 그렇긴 하지. 그럼 어디 한번 볼까?"

추지훈이 부장의 명함이 끼워진 대한의 보고서를 본다.

그런데 얼마 지나지 않아 추지훈의 미간이 좁혀지기 시작했고 대한은 마른침을 꿀꺽 삼켰다.

보고서 자체는 아주 간단했다.

전군 대상으로 축구 대회를 한다는 것과 대회를 하면서 얻을 수 있는 것들이 적혀 있는 게 전부였으니까.

나머지 세부 사항은 하급 부대에서 알아서 만들 것이다.

그러니 보고서는 완벽하다고 생각했다.

이원영도 칭찬했으니까.

하지만 추지훈의 좁혀진 미간이 대한의 마음을 불안하게 만들었다.

끼워 둔 명함 때문이었다.

이윽고 추지훈의 시선이 보고서 막바지에 다다랐고 마지막에 적혀 있는 협조 사항을 보더니 좁힌 미간 그대로 고개를 갸웃거렸다.

"조선 신문이랑 협조를 한다고? 이거 잘못 적은 거 아니지?"

"제대로 적은 것 맞습니다. 일단 조선 신문이랑은 이야기된 상태이고 거기 꽂혀 있는 게 담당자 명함입니다."

그제서야 명함을 본 추지훈.

그런데 명함을 본 직후 좁힌 미간 주름이 펴지더니 이내 놀라움이 번졌다.

"변 부장? 이 자식 명함을 네가 어떻게 가지고 있어?"

"그게……."

대한은 어제 있었던 일을 설명해 주었고 추지훈이 멍하게 대한을 바라봤다.

"……이렇게 해 오면 내가 일을 시킬 수 있겠냐. 기대하고 있긴 했지만 이 정도는 아니었다고."

"죄송합니다. 마음에 안 드시면 없던 일로 하는 걸로 제가 다시……."

"누가 마음에 안 든대? 이만큼 완벽한 계획이 어딨어? 나 참, 어제 이야기 한 걸 하루도 안 돼서 보고서에 협조자에…… 심지어 그게 변 부장이라니…… 참 신선하다, 신선해."

추지훈은 진심이었다.

변 부장을 싫어하는 것과 별개로 대한의 능력은 인정해 주어야 하는 것이었으니까.

그래서일까?

이번엔 가만히 구경만 하려고 했던 추지훈은 대한의 보고서를 보고 생각을 바꿔 먹었다.

내용 자체가 군 관계자들 모두가 좋아할 내용이었고 제대로 일을 진행하려면 보직이 종료되기 전까지 확실히 서포트 해야 할 것 같다는 생각이 들어서였다.

대한이 고민하는 추지훈의 눈치를 보며 조심스레 물었다.

"저…… 근데 어제 변 부장이 말하길, 두 분 사이가 별로 좋지 안 좋으시다고……."

그 말에 추지훈이 힐긋 대한을 보며 말했다.

"그럼 좋겠냐? 그 양반 과장하는데 선수라서 내가 조금만 수정해 달라고 한 건이 몇 개인지 모르겠다."

"하하……."

어색하게 웃는 대한.

그나저나 과장하는데 선수라…….

어쩌면 이번 계획에선 더 잘된 일일지도?

추지훈도 대한과 비슷하게 생각했는지 다시금 미간을 좁히며 고민하기 시작했다.

"그나저나 이 양반 능력 자체는 참 좋은데……."

"지금 전화해 봅니까?"

"그래, 쇠뿔도 단김에 뽑으라고 일단 연락해 봐라."

대한은 바로 변성인에게 전화를 걸었고 변성인은 신호가 채 가기도 전에 전화를 받았다.

―예, 변성인입니다.

"안녕하십니까. 김대한입니다."

─어, 대한이. 출근 잘했냐?

팔팔하기 그지없는 변성인의 목소리.

이게 연륜 넘치는 언론인의 체력이라는 건가?

대한이 내두른 혀를 삼키며 말했다.

"예, 정상 출근했습니다. 부장님은 잘 들어가셨습니까?"

─손수 택시 안에 넣어 줬는데 잘 들어가야지. 그렇게 해 줬는데도 집에 못 가면 병신 아니겠냐? 그나저나 이 아침부터 무슨 일이야, 나 곧 회의 들어가 봐야 하는데.

"아, 저 지금 정책기획관님께 보고서 작성해서 보여 드렸고 지금 같이 계십니다. 전화 바꿔 드려도 되겠습니까."

─……어?

변성인은 아직 마음의 준비가 안 되었는지 당황한 듯했고 대한의 대화를 듣고 있던 추지훈이 웃으며 손을 내밀었다.

"줘 봐라."

"예."

추지훈은 휴대폰을 받아 들고 변성인에게 웃으며 말했다.

"아이고, 우리 변 부장님. 오랜만입니다."

─하하…… 오랜만입니다. 자, 잘 지내셨죠?

"덕분에 아주 잘 지냈죠. 군 생활하면서 아주 시간 가는 줄을 몰랐습니다."

웃으며 말하고 있지만 날이 잔뜩 선 말들이었다.

이원영은 추지훈의 눈치를 살피고는 대한에게 물었다.

"괜찮겠지?"

"……저도 잘 모르겠습니다. 변 부장이 기획관님을 많이 부담스러워하긴 했습니다."

"하, 기획관님은 나도 어떻게 말릴 수도 없는데."

두 사람은 추지훈이 폭발하지 않기만을 기도했다.

하나 다행스럽게도 추지훈은 공적으로 아주 깔끔한 사람이었다.

사적인 감정이 아주 진하게 남아 있긴 했지만 그것 때문에 일을 망칠 정도로 멍청한 사람이 아니었다.

"대한이랑 이야기됐다고 들었는데 맞습니까?"

─아, 예. 안 그래도 저도 연락 기다리고 있었습니다.

"기다릴 게 뭐가 있습니까. 준비해서 바로 이쪽으로 오십쇼. 얼굴 보고 제대로 이야기나 합시다."

추지훈은 그 말을 하고는 바로 대한에게 휴대폰을 건네주었다.

"이 양반 오면 나한테 같이 와."

"예, 알겠습니다."

크.

이게 장군의 일처린가?

추지훈은 그대로 훌쩍 흡연장을 나섰고 대한과 이원영은 서로에게 따봉을 날리며 추지훈을 따라갔다.

일과가 시작되고 얼마 뒤.

대한의 휴대폰이 울렸다.

발신자를 확인한 대한은 감상문을 읽다 말고 바로 사무실에서 뛰쳐나와 전화를 받았다.

"도착하셨습니까."

─어, 입구에 도착했다.

"알겠습니다. 바로 내려가겠습니다."

변성인이었다.

거리가 가까워서 그런지 전화한 지 얼마나 됐다고 벌써 준비를 마치고 날아온 것이다.

이윽고 대한을 본 변성인이 불만을 토로했다.

"아휴, 야. 넌 바꿔 주기 전에 말 좀 미리 해 주지 그랬냐."

"저도 그러고 싶었는데 그럴 시간이 없었습니다. 아시지 않습니까."

"하, 그래. 알지. 아는데…… 내가 얼마나 놀랐는지 아냐? 아직도 심장이 뛰는 거 같다. 나 혈압 있어서 이런 거 조심해야 된단 말이야."

"죄송합니다. 저도 눈치 꽤나 보긴 했는데 기획관님 말씀하시는 거 들어보니 좀 많이 안 좋아하시는 것 같긴 했습니다."

"많이 안 좋지. 내가 좀 군대에 적대적으로 쓰긴 하거든."

과장이 아니라 적대적이었구만?

그의 입장을 생각하면 이해는 갔다.

그 또한 학군 출신으로 군에 대해서라면 그 누구보다도 잘 알 테니까.

'원래 내부 고발은 내부 사정을 잘 아는 사람이 하는 거니까.'

대한이 웃으며 말했다.

"그래도 부장님 일 잘하시는 건 아시는 것 같았습니다."

"그래?"

따로 이유를 듣지 않아도 그 말이 무슨 말인지 대번에 이해가 됐다.

이윽고 대한은 변성인을 데리고 추지훈이 대기하고 있는 회의실로 향했다.

변성인이 회의실에 들어가자 추지훈이 반갑게 자리에서 일어났다.

"그렇게 얼굴 뵙고 싶었는데 드디어 뵙네요."

"바, 반갑습니다. 변성인입니다."

"예, 반갑습니다."

악수를 나누는 두 사람.

근데 악수 시간이 좀 길다.

추지훈이 일부러 놔주지 않은 것이다.

나름의 짧은 복수를 마친 추지훈은 그제서야 후련하다는 듯 자리에 앉았다.

"일단 앉으시죠. 곧 실장님 오시기로 했습니다."

"실장님이라면……."

"국방정책실장이죠. 제 위에 누가 있겠습니까?"

그 말에 깜짝 놀란 건 변성인이 아니라 대한이었다.

이건 생각지도 못한 전개였으니까.

대한의 눈이 접시만큼 커지자 추지훈이 피식 웃으며 말했다.

"괜찮아, 군인 아니니까. 긴장하지 마."

"……그래도 군인이셨던 분 아니십니까?"

"오, 잘 아네? 그래도 민간인이잖냐. 군인이 지켜야 할 민간인한테 긴장하면 쓰나."

위로인지 놀리는 것인지 모를 말이었다.

근데 당연히 긴장해야 한다고 생각했다.

그도 그럴 게 지금 올 사람은 장성 출신 민간인이었으니까.

'장성 출신인데 어떻게 겨우 군복 벗었다고 무시할 수 있겠어…….'

출신부터가 남다르니 군복을 벗어도 아직까진 그 영향력이 지대했다.

그럴 수밖에 없는 것이 국방정책실장은 아무나 앉을 수 있는 자리가 아니었으니까.

대한은 심호흡하며 준비했다.

그리고 잠시 후, 국방정책실장 허진근이 회의실로 들어왔다.

그런데 허진근을 본 대한은 그의 포스에 잠시 놀랐다.

추지훈은 나이에 맞게 약간 왜소한 느낌이 들었지만 허진근은 그와 달리 엄청난 덩치를 자랑했으니까.

마치 체력이 국력이라는 걸 증명하려는 듯이 말이다.

허진근은 회의실을 가볍게 한번 둘러보더니 변성인에게 다가갔다.

"반갑습니다. 허진근입니다."

"조선 신문 변성인이라고 합니다."

"앉으시죠."

추지훈을 제외한 모두가 긴장하기 시작했다.

인사를 나눈 허진근은 보고서를 다시 훑어본 후 대한에게 말했다.

"김 중위?"

"중위 김대한!"

"하하, 나한테 관등성명 댈 필요는 없는데."

추지훈이 대한을 보며 피식 웃었다.

"긴장하지 말라니까. 좋은 분이야. 넌 왜 실장님을 무서운 사람 만드냐?"

"아, 아닙니다."

"편하게 해, 편하게. 나한테 하는 것처럼. 넌 그게 매력이야."

하하.

전 당신한테도 편하게 한 적이 없는데요?

그래도 추지훈의 농담에 긴장이 좀 풀렸다.

그 모습을 본 허진근이 재밌다는 듯 웃으며 물었다.

"이걸 하루 만에 만들어 왔다는데…… 자신 있나?"

그의 물음에 대한이 얼른 대답했다.

"국민들에게 긍정적인 이미지를 보여 주는 건데 반드시 성공할 자신 있습니다."

"안 해 봤잖아. 그래도 자신 있어?"

"실장님께서 도와주신다면 자신 있습니다."

"흠…….."

허진근은 대한을 빤히 쳐다보고는 추지훈에게 말했다.

"재밌는 놈이네."

"제가 말씀드렸지 않습니까. 패기 넘친다고."

"네가 좋다고 할 때부터 이런 놈일 줄은 알았다. 겁내는 걸 잊어버린 친구였구만."

대한은 두 사람의 대화에 조용히 눈치를 살폈다.

'좋다는 거겠지?'

사실 그들의 입장에서 대한의 계획을 도와주는 건 별로 어려운 일이 아니었다.

그도 그럴 것이 큰 작전도 아니고 이벤트성 행사 같은 것이었으니까. 그리고 허진근과 추지훈이 하겠다는 걸 막을 사람은 전 군에 없었다.

허진근이 변성인에게 고개를 돌려 물었다.

"우리 부장님도 잘해 주실 거죠?"

"아, 예. 열심히 하겠습니다."

"에이, 자신 없는 거 별로 안 좋아하는데…… 열심히는 다 하죠. 잘하는 게 중요하지."

"하하…… 한번 잘 만들어 보겠습니다."

"그럼 부장님만 믿겠습니다."

허진근은 그대로 자리에서 일어났다.

뭐야, 이게 회의 끝이야?

이럴 거면 그냥 전화로 하는 게 더 빠르지 않나?

대한이 생각하던 회의랑은 전혀 다른 전개에 당황하고 있을 때 허진근이 변성인에게 다가가 말했다.

"그리고 이건 제 개인적인 부탁인데…… 저희 제발 좀 사이 좋게 지냅시다. 우리 기획관 말이 곧 제 말이나 다름없다 생각해 주십쇼. 알아보니까 부장님도 학군단 출신이더구만."

"……예, 맞습니다."

"제가 기사 쓰는 거 가지고는 뭐라 안 하지 않습니까. 협조 잘해 주시는 건 고마운데 그래도 소설은 쓰지 맙시다. 정 소설 쓰고 싶으면 직업을 바꾸던지."

말에 뼈가 있다.

허진근도 어지간히 서운한 게 많았던 모양.

변성인도 찔리는 게 있는지 연신 고개만 끄덕였다.

이윽고 말을 마친 허진근은 나가기 전 마지막으로 대한에게 말했다.

"자신 있는 거 아주 보기 좋아. 계속 그렇게 해."

"예, 알겠습니다!"

허진근이 나가자 추지훈이 사색이 된 변성인에게 물었다.

"부장님, 저희 이제 사이좋게 지낼 수 있는 거죠?"

"하하…… 예, 그럼요. 그래야죠."

추지훈은 그를 향해 피식 웃어 주고는 대한에게 말했다.

"실장님이 대한이 너 직접 보고 결정하신다고 했는데 잘된 것 같아서 다행이다. 자신 있게 말 안 했으면 그냥 보고서 찢고 나가셨을걸?"

"다, 다행인 것 같습니다."

"근데 너 왜 이렇게 긴장하냐? 실장님이 무섭냐? 하긴 좀 무섭게 생기시긴 했지."

"하하…… 예, 약간 그래서 그랬던 것 같습니다."

그 말에 추지훈이 웃었다.

"사람이 외모가 다가 아냐, 현역 때는 지금보다 더 심했어. 지금 만난 게 오히려 다행이라고 생각해. 무튼 잘했다. 실장님이 네가 다 한 거라고 전군에 소문 잘 내주라고 하셨으니까 일만 열심히 잘하고 있어. 이 양반이랑 협조하는 건 내가 알아서 할 일이니까 신경 쓰지 말고."

"예, 알겠습니다."

대한이 씩씩하게 답하자 추지훈이 만족스러운 표정으로 자리에서 일어났다.

"부장님, 저흰 담배나 한 대 피우러 가시죠?"

"예, 가시죠."

흡연하러 가는 두 사람.

그리고 오늘, 두 사람은 드디어 서로에 대한 앙금을 모두 털어 낼 수 있었다.

✳

회의를 마친 대한은 변성인을 보내고 바로 사무실로 돌아왔다.

대한을 본 이원영이 한숨을 푹 쉬며 말했다.

"자식이, 일 벌린 놈이 이제 와?"

"하하, 죄송합니다. 회의하러 오라고 하셔 가지고 급하게 다녀왔습니다."

"장난이다, 이놈아. 그래, 이야기는 잘하고 왔냐?"

"예, 실장님 오셨는데 엄청 빠르게 끝내고 나가셨습니다. 기획관님이랑 변 부장이랑 알아서 진행하신다고 하셨고 제가 했다고 소문 내주신다고 하셨습니다."

대한의 입에서 실장이라는 말이 나오자 사무실에 있던 사람들 모두가 대한을 바라봤다.

이원영도 고개를 갸웃거리며 물었다.

"실장님?"

"예, 국방정책실장님이 오셨었습니다."

실장의 정체를 확인한 사람들 모두의 눈이 깜짝 놀라 커졌다.

이들 중 허진근이 누군지 모르는 사람이 없었으니까.

심지어 이들 중엔 허진근과 함께 복무했던 이들도 있었다.

그래서 놀란 것이다.

호랑이 허진근을 보고 왔는데 대한의 표정이 무척이나 밝았으니까.

이원영이 대한을 보고 어이없다는 듯 말했다.

"너 진짜 허 장군님 보고 온 거 맞냐?"

"예, 그렇습니다."

"근데 어떻게 표정이 이렇게 밝지?"

"마지막에 칭찬도 해 주시고 나가셨습니다."

"어휴, 넌 내가 챙겨 줄 필요도 없겠다. 내 살길이나 챙겨야지 원."

이원영이 고개를 내저으며 말하자 모두가 웃었다.

대한도 그들과 함께 웃으며 이원영에게 말했다.

"그래도 단장님이 딱 버티고 계시니까 제가 이것저것 할 수 있는 거 아니겠습니까."

"으흠, 사람들도 많은데…… 더 큰 목소리로 해야지."

그 말에 모두들 다시 한번 더 크게 웃는다.

이원영은 대한이 참 뿌듯했다.

딱히 안 챙겨 줘도 알아서 잘하고 다녔으니까.

이원영이 흐뭇함에 대한의 등을 토닥여 주며 말했다.

"지금처럼만 해라."

"예, 알겠습니다."

"아, 그리고 우리 너 없는 동안 하루 목표량 정했으니까 오늘 그거 꼭 채우고 퇴근해야 한다."

"······몇 개씩 봐야 합니까?"

"삼천 개."

이 사무실에는 대한을 포함해서 총 5명.

하루에 만 오천 개씩은 보고 가자는 것이었다.

대한은 순간 눈앞이 캄캄해졌으나 이내 정신줄을 붙들었다.

'그래, 여기서 나만큼 한가한 사람이 어디 있다고.'

여기 있는 사람들 모두 사단에 중요한 자리 하나씩은 맡고 있는 사람들이었다.

대한이야 열흘 내내 자리를 비워도 큰 문제가 안 생긴다지만 이들이 사정이 좀 달랐다.

그러니 최대한 빨리 끝내주는 게 맞을 터.

대한은 서둘러 감상문을 앞에 가져와 읽기 시작했다.

'오전을 거의 날렸으니 할당량 채우려면 빨리 해야 해.'

현재 시각 11시.

점심시간을 제외하면 일과가 끝나기까지 겨우 5시간 정도가 남는다.

한 시간에 600장은 봐야 한다는 것.

대한은 집중 모드에 돌입했다.

✳

그렇게 시간이 흘러 금요일.

대한과 이원영은 피곤에 찌든 얼굴로 흡연장에 내려왔다.

대한은 흡연장 구석에 앉아 이원영에게 말했다.

"단장님, 차라리 행군이 더 쉬울 것 같습니다."

"당연하지…… 행군이 백배…… 아니, 천배 만 배는 더 쉽지."

그로부터 딱 닷새가 지났다.

그 닷새 동안 사람이 이렇게 지쳐 간 것.

그만큼 봐야 할 것들이 많아서이기도 했지만 다행인 것은 이제 1차 분류가 모두 끝났다는 것이다.

"그래도 이젠 이번 주 내내 했던 것처럼 하지 않아도 돼서 다행입니다."

"……아니, 내가 봤을 땐 이제부터 진짜 시작이다."

그 말에 대한도 고개를 끄덕였다.

그도 그럴 게 이젠 감상문의 순위를 정해야 했으니까.

1등에서 3등까지의 순위를 정하면 되었지만 그렇게 하기 위해선 대략 만 개를 다시 봐야 했다.

'괜히 통 크게 주려고 했다가 내 골통부터 터지겠네.'

이래서 다들 이런 대규모 공모전을 열지 않았나 보다.

대한은 약간 후회했지만 이내 뿌듯하게 생각하기로 했다.

'그래도 진짜 감사한 마음을 느낀 애들이 많이 보였잖아.'

진정성이 느껴지는 감상문을 여러 개 보았고 병사들에게 도움을 줬다는 생각이 들었다.

그러면 됐다고 생각했다.

애초에 돈 벌자고 시작한 일도 아니었으니까.

그렇기에 대한은 주말에도 출근하기로 했다.

이원영도 마찬가지.

다른 사람들은 출근시키지 않고 몰래 나왔다.

일부러 그렇게 했다.

이젠 강제로 출근시키는 시대가 아니었으니까.

아니, 적어도 대한은 그런 시대에 살다 왔으니까.

다행인 건 이원영도 동의를 해 주었다는 것.

'참 깨어 있는 양반이야.'

물론 이원영에게도 사정은 있었다.

단장쯤 되는 인물이 열흘이나 부대를 비우는 건 좀 말이 안 되는 일이었으니까.

그래서 두 사람은 둘이서 주말 안에 모든 작업을 끝내기로 마음먹었다.

두 사람은 업무 시작 전 해장국 한 그릇씩 든든하게 먹고 다시 업무를 시작했다.

"후…… 파이팅하십쇼. 단장님."

"대한이 너도 고생해라."

그렇게 약 30분 정도가 지났을 때였다.

별안간 문이 열렸다.

우기호였다.

"어? 선배님?"

"뭐야? 네가 여길 왜 와?"

그런데 우기호뿐만이 아니었다.

파견 인원들 모두가 우기호와 함께 나타난 것.

그들은 서로를 보며 놀랐다.

모두들 같은 생각을 하고 있었던 것이다.

'그래, 다들 생각하는 건 똑같지.'

위관급도 아니고 영관급이었다.

맡고 있는 보직 또한 사단장 직속이거나 한 부서를 책임지는 자리에 앉은 사람들.

오래 자리를 비워서 편안할 사람들이 아니었다.

이원영이 흡족한 표정으로 우기호를 바라보며 말했다.

"다들 피가 마르는 모양이네?"

"하하, 선배님만 하겠습니까. 저흰 참모라서 그나마 대체할 인원이 있지만 공병단장은 대체할 사람도 없지 않습니까."

"뭐, 불안하긴 하지. 그래도 동기 한 놈이 대대장으로 있어서 걱정은 좀 덜 하는 중이야. 아직 연락 안 온 거 보면 별일 없는 것 같은데 그래도 혹시 모르잖아."

"역시, 다 같은 생각인가 봅니다. 저희도 다음 주가 무서워서 다 출근했습니다."

참 멋진 양반들이었다.

이원영이 웃으며 물었다.

"밥은?"

"그냥 간단하게 숙소에 사 둔 걸로 해결했습니다."

"군인이 밥을 대충 먹으면 쓰나, 조금만 하다가 일찍 점심 먹으러 가자. 내가 사마."

"예, 알겠습니다!"

결국 주말임에도 평일과 똑같이 모든 인원들이 모였다.

하지만 분위기는 더 없이 밝다.

그렇게 주말까지 이어진 전투는 다음 날까지 이어졌고 마침내 막바지 작업에 진입할 수 있었다.

가장 먼저 펜을 던진 건 이원영이었다.

"하……."

"고생하셨습니다."

"넌 다 끝났냐?"

"예, 점수 종합만 기다리고 있습니다."

"네가 제일 고생이구나."

이어서 다른 사람들도 하나둘 펜을 던지기 시작했고 묵은 숨들을 토했다.

그리고 마침내 모두가 선별 작업을 끝내자 다들 우르르 흡연장으로 향했다.

이원영이 물었다.

"대한이 넌 안 가냐?"

"예, 전 점수 종합하고 있겠습니다."

이원영이 대한의 어깨를 두드려 주었고 대한도 마지막 힘을 쥐어짜 점수 종합을 시작했다.

그렇게 한참 뒤, 다들 여유롭게 밖에서 노가리를 까고 있을 때 우기호만 슬쩍 돌아와 대한의 옆에 붙었다.

"다 했어?"

"예, 확인만 하면 됩니다."

"이걸 이렇게 금방 한다고?"

"보고 적기만 하면 되는 건데 금방 할 수 있습니다."

"캬…… 넌 인사 직렬을 선택한 게 참 다행인 것 같다."

우기호가 피식 웃어 주고는 자리에 앉았다.

그리고 보고서를 하나 꺼내 훑어보기 시작했다.

대한도 그 모습을 보곤 슬쩍 물었다.

"혹시 휴대폰 관련 보고입니까?"

"어, 기획관님께 보여 드리고 내려가야지. 아참, 참고로 네 이름도 제대로 넣어 놨다."

"하하, 감사합니다. 근데 언제 보고서를 다 만드셨습니까?"

"기획관님이랑 아무리 친분이 있어도 구두로 보고드릴 순 없잖냐, 그래서 후딱 만들었지."

저 양반도 참 대단하다는 생각이 들었다.

생각한 일을 이렇게 바로 실천하는 건 쉬운 일이 아니었으니까.

심지어 누가 시킨 것도 아니었기에 더 대단하다고 생각했다.

'저런 양반들이 있기에 군이 발전할 수 있는 거지.'

대한은 우기호가 참 좋았다.

그렇기에 할 수만 있다면 그를 최대한 도와주기로 했다.

저런 사람들이 주변에 있어야 일하기가 편했으니까.

두 사람은 조용히 자기 할 일들을 했고 얼마 뒤 대한은 종합된 것들을 출력했다.

그때쯤 이원영도 돌아왔다.

"다 끝났나?"

"일단 종합은 끝났습니다. 근데 5명의 감상문을 다시 보여야 할 것 같습니다."

"다 동점인가 보네."

"예, 다 10점을 주셨습니다."

평가 인원이 전부 10점을 준 감상문들이 5개였다.

아직도 끝이 난 게 아니라 힘이 빠질 법도 했지만 몇 만 개를 보다가 고작 5개를 보는 건 일도 아니었다.

이원영이 미소를 지으며 자리에 앉았다.

"자, 빨리 끝내 보자."

대한은 이원영의 신난 모습에 웃으며 감상문을 찾았다.

그리고 감상문의 내용을 정리해서 말해 주기 시작했다.

워낙 인상 깊었던 내용들이라 다들 기억을 하고 있었고 짧은 토론을 하고는 다시 점수를 적었다.

5개의 감상문을 모두 다시 평가를 했고 이내 1등부터 3등까지 입상자를 골라낼 수 있었다.

대한이 점수가 갈린 걸 확인하자 웃으며 말했다.

"고생 많으셨습니다."

"와, 드디어 끝났구나. 다들 고생들 했다."

이원영도 평가 인원들을 격려했고 대한은 다시 컴퓨터로 가 보고서를 만들었다.

그러자 이원영이 물었다.

"뭐 또 해야 해?"

"그래도 보고서는 있어야 하지 않겠습니까?"

"하여튼 참모 아니랄까 봐. 얼른 만들고 연락드려라."

"하하, 예."

대한은 보고서를 빠르게 완성하고는 추지훈에게 연락했다.

"충성! 김대한 중위입니다."

-어, 대한아. 다 끝났냐?

"예, 방금 마무리했습니다."

─점심도 전에 끝났네. 고생 많았다. 근처니까 잠시만 기다
리라고 하거라.

"예, 알겠습니다."

그로부터 5분 뒤, 추지훈이 방문을 열고 들어오며 말했다.

"다들 고생 많았다."

"충성! 고생하셨습니다."

"내가 무슨 고생을 했냐. 너희가 야근에 조기 출근까지 해
가며 고생했는데. 각 부대 지휘관들한테는 내가 칭찬해 놨다.
복귀해서도 밀린 업무 천천히 좀 처리하게 놔두라고 단단히 일
러 뒀으니까 마음 편하게들 복귀해라."

그 말에 이원영이 고개를 갸웃거리며 물었다.

"저도 따로 말씀해 주셨습니까?"

"미쳤냐. 내가 작전사령관님한테 어떻게 그래?"

"하하, 혹시나 해서 여쭤봤습니다."

"지휘관은 좀 힘들어도 괜찮아. 그러려고 지휘관 하는 거 아
니야?"

틀린 말은 아니었다.

참모가 책임을 지는 일은 드물었으니까.

대한도 고개를 끄덕였다.

'책임만 생각한다면 참모만큼 편한 곳도 없지.'

그런 의미에서 이원영도 지휘관을 하고 싶어서 하는 건 아니
었다.

이원영은 대령 필수 보직으로 공병단장에 앉아 있던 것.

이원영이 조용히 한숨을 쉬며 답했다.

"든든한 참모들이 뒤를 봐주는데 지휘관이 힘들 리가 있겠습니까."

"크크, 그것도 그렇지. 넌 대한이나 잘 챙겨."

"후, 알겠습니다."

추지훈은 이원영을 보며 피식 웃어 준 뒤 평가 인원들에게 다가가 일일이 악수했다.

고생했다는 말과 함께 얼른 복귀하라고 했고 악수가 끝난 인원들을 강제로 밖으로 보내 버렸다.

고생했다고 회식하라는 말은 하지 않았다.

추지훈은 그리 눈치 없는 양반이 아니었으니까.

이내 모두가 나가고 방에는 이원영과 대한, 그리고 우기호만 남게 되었다.

이윽고 우기호 차례가 되자 그는 추지훈과 악수를 한 뒤 조심스럽게 보고서를 내밀었다.

"기획관님, 이거 한 번만 좀 봐주실 수 있으시겠습니까?"

"이게 뭔데?"

"병사들 복지 관련해서 제안드릴 것입니다."

"복지?"

그 말에 추지훈은 결재판을 열어 보기도 전에 잠시 우기호를 쳐다보더니 이내 작게 중얼거렸다.

"미친놈……."

미친놈.

그래, 그 말이 딱 맞았다.

일주일 내내 야근하고 주말까지 출근했으면서 또 일거리를 찾아 들고 왔으니까.

물론 기특하긴 했다.

하지만 기특한 것과는 별개로 미친놈 소리는 절로 나왔다.

그도 그럴 게 불과 얼마 전에 대한이 큰 건을 하나 또 터뜨렸지 않은가?

추지훈이 떨리는 눈동자로 결재판을 열었고 제목을 보자마자 이내 한숨을 쉬었다.

"휴대폰을 쓰게 하자고?"

"예, 그렇습니다."

"도대체 왜?"

"통신 장비 관련 부조리도 막을 겸 병사들의 개인 시간을 더욱 보장해 주기 위함입니다."

우기호의 설명에 다시 한숨을 내쉰 추지훈은 보고서를 꼼꼼하게 읽어 내려가기 시작했다.

이원영이 대한에게 조용히 말했다.

"자식이…… 우리 나가고 난 뒤에 따로 보고하지, 하필……."

"저희 바로 못 나갑니다."

"왜?"

"감상문 보고해야 하지 않습니까."

"아……."

이원영은 다시 한숨을 내쉬었다.

"자리에 앉아 있자."

"좋은 판단이신 것 같습니다."

두 사람은 조용히 의자에 앉았고 추지훈도 자연스럽게 의자를 꺼내 앉았다.

우기호는 추지훈의 반응을 살피며 설명을 이어 나갔다.

"아직은 말이 나오고 있진 않지만 시간이 지나서 휴대폰에 더욱 많은 시간을 쓰는 세대가 군에 오게 된다면 말이 나올 수밖에 없는 문제라고 생각합니다. 그렇기에 선제적으로 준비를 하려고 제안드리는 것입니다."

추지훈은 보고서를 끝까지 읽고는 이내 고개를 끄덕였다.

"준비할 만한 내용인 것 같긴 하다."

그 말에 대한이 의외라는 반응을 보였다.

'대령이 이런 제안을 하는 것도 놀라운데 소장쯤 되는 양반이 이렇게나 긍정적인 반응을 보일 줄이야.'

이런 상급자가 있으니 저런 제안도 통과가 되는 것이었다.

그리고 이내 추지훈은 우기호를 칭찬하기 시작했다.

"언제부터 생각하고 준비한 것인지는 모르겠지만 보안 대책으로 어플을 개발한다는 것도 그렇고 멀티탭이랑 충전기 예산도 그렇고. 생각을 많이 했구나."

"방금 말씀하신 건 전부 김대한 중위가 알려 준 내용들입니다."

"응?"

그 말에 추지훈이 미간을 좁히며 대한을 보았다.

"또 너야?"

"하하…… 우 대령이 어떠냐고 물어봐서 필요한 사항을 생각해서 대답해 준 것뿐이었습니다."

추지훈은 대한의 대답에 고개를 내저었다.

그리고 우기호에게 물었다.

"대한이까지 끼워서 진행할 거냐?"

"예, 그렇습니다."

"그럼 해 봐. 부대 복귀해서 나한테 직접 결재 올려. 내 위로는 내가 알아서 보고할 테니까. 대신 시범 부대는 54사단이랑 공병단이다."

우기호는 시범 부대를 예상하고 있었기에 군말 없이 알겠다고 답했다.

하지만 이원영은 아니었다.

"기, 기획관님? 공병단은 왜……."

"대한이 끼워서 진행한다잖냐. 그럼 당연히 공병단도 껴야지."

그 말에 이원영은 고개를 돌려 대한을 원망스럽게 바라보기 시작했다.

그러나 이번에는 이원영의 눈을 피하지 않았다.

오히려 조용히 이원영에게 속삭였다.

"단장님, 저게 진행되려면 어플이 먼저 만들어져야 하는데 그게 시간이 오래 걸릴 겁니다. 단장님 보직 이동되고도 한참 뒤에 가능할 것입니다."

"……그래?"

그럼 또 괜찮지.

대한의 말에 이원영이 구김살 없는 표정이 되어 씩씩하게 답했다.

"하하, 맞습니다. 저희 공병단도 시범 부대로 꼭 끼겠습니다!"

"너 보직 이동 언제지?"

"올해 말입니다."

"그럼 그전까지 모든 준비를 끝마쳐 봐야겠네."

"……?"

추지훈이 픽 웃는다.

이놈아, 내가 그리 호락호락해 보이더냐?

하지만 추지훈의 미소와는 별개로 대한도 생각이 있었다.

'어플 개발이 그리 쉬운 줄 아나.'

지금 시작해도 몇 년은 걸릴 것이다.

군 내부 문제도 문제지만 현재 개발자들의 실력 이슈도 있었으니까.

이윽고 고개를 끄덕이던 추지훈이 보고서와 휴대폰을 챙겨 자리에서 일어났다.

"잠시만 기다려라."

그러더니 밖으로 나가 어디론가 통화를 하기 시작했다.

그 모습을 본 대한이 마른침을 삼켰다.

"단장님."

"말하지 마라, 말이 씨가 된다."

"……알겠습니다."

대한과 이원영은 침묵을 유지한 채 추지훈을 기다렸다.

이윽고 그가 다시 방에 들어왔을 때였다.

"너희들은 내일 복귀해라."

"……잘못 들었습니다?"

"실장님이 얼굴 보고 가라고 하시네."

그 말에 대한과 이원영…… 아니, 이원영의 눈이 튀어나올 것처럼 커졌다.

그러다 이내 머리를 회전시키더니 추지훈의 눈치를 살피며 조심스레 물었다.

"……혹시 저는 먼저 가 봐도 되겠습니까?"

"보호자가 어딜 혼자 가려고?"

"원래 혼자 잘 지내는 애입니다. 제가 없을 때 더 빛이 나는 놈이기도 합니다."

"나도 너 말고 대한이만 보고 싶긴 한데…… 실장님이 너도 같이 보자고 하셨어."

"아, 그럼 남아 있어야죠."

빠른 포기.

국방정책실장이 보자는데 싫다고 할 수 있는 사람이 몇 명이나 될까.

야전사령관이라도 쉽게 거절하진 못할 것이다.

추지훈은 이원영의 반응에 피식 웃고는 우기호에게 말했다.

"내일 실장님한테 보고드리면서 지침 받고 보고서 수정 바로 해라."

아무리 부대 일이 중요하다지만 지금의 제안보다 중요할까.

진급에 있어서나 군에 인정받기 위해서는 이것만큼 좋은 기회도 없었다.

우기호가 아니라 그 어떤 군인이라도 이런 기회를 거절할 리는 만무한 것.

우기호가 대답했다.

"예, 그렇게 하겠습니다. 내일까지 보고서 내용 좀 더 보완해보겠습니다."

"아냐, 그럴 필요 없어. 일도 힘들게 끝냈는데 좀 쉬어."

"그래도 실장님께 보고드리는 건데 준비를 더 해야 하지 않겠습니까?"

"그럼 나한테는 뭐 준비도 안 하고 보고 한 거야?"

"그, 그건 아닙니다."

"됐어. 진짜 그럴 필요 없어. 들어갈 내용 다 있는데 뭘 보완

해. 실장님이 나보다 보고서 더 대충 보시니까 걱정하지 마."

"알겠습니다. 그럼 오늘 푹 쉬고 내일 컨디션 좋은 상태로 뵙겠습니다."

추지훈은 고개를 끄덕이고는 이원영에게 물었다.

"식사는 어떻게 할 거냐?"

"아직 이야기 안 해 봤습니다."

"점심은 내가 안 될 것 같고 저녁 사 줄게. 숙소에서 쉬다가 전화하면 내려와라."

"예, 알겠습니다!"

추지훈은 그대로 회의실을 벗어나려고 했다.

그때 대한이 얼른 추지훈을 불렀다.

"기획관님."

"어, 왜."

"저 감상문 결과입니다."

대한이 내민 보고서를 보고는 추지훈의 눈이 다시 한번 휘둥그레졌다.

"이걸 만들었다고? 그냥 감상문 통째로 남기고 갈 줄 알았는데?"

"평가 끝나자마자 바로 작성했습니다."

추지훈은 정말로 놀랐는지 멍한 표정을 짓다 별안간 이원영을 한번 쳐다본 후 물었다.

"단장이 시켰어?"

"아닙니다. 제가 할 일이라고 생각했습니다."

"그……."

추지훈이 고개를 내젓고는 보고서를 같이 챙겼다.

그리고 이원영에게 말했다.

"애 좀 적당히 갈궈라."

"오, 오해하시는 겁니다! 당장 제 밑에 있는 놈도 아니라 제가 갈굴 수도 없습니다."

"조심해라. 상급자 때문에 군복 벗는 경우보다 하급자 때문에 군복 벗는 경우가 더 많다."

추지훈은 이원영의 대답을 듣지도 않고 방을 벗어났다.

아무래도 대한의 말을 믿지 않는 모양.

추지훈이 떠나자 이원영이 한숨을 푹 내쉬며 말했다.

"아니, 난 진짜 안 시켰는데…… 대한아 이게 맞냐?"

그 말에 우기호가 해맑게 웃으며 대신 대답했다.

"하하, 그래도 좋지 않습니까. 원래는 기획관님 정도 되는 선배님한테 후배 대접도 못 받았을 텐데 대한이 덕분에 후배 대접도 받고 전 좋습니다."

"넌 그렇게 이야기하면 나한테 후배 대접 못 받을 거라곤 생각 안 하냐?"

"정책기획관님과 선배님 중에 누구 후배 하고 싶냐고 물어보시는 겁니까?"

"하, 역시 군 생활은 혼자 하는 거야."

이원영이 자리에서 일어나 회의실을 나갔다.

그러자 대한과 우기호도 키득거리며 이원영을 쫓았다.

✻

월요일 아침.

대한과 이원영, 그리고 우기호는 아침 일찍부터 국방부로 출근했다.

공모진 심사는 끝났지만 이젠 그보다 더 한 일이 남아 있었으니까.

그래서일까?

긴장한 이원영은 좀처럼 흡연장에서 벗어나지 못했다.

"후…… 무슨 말씀을 하시려나."

"그냥 고생했다고 하시지 않겠습니까?"

"너한테는 그렇겠지. 하지만 나한테는 아니야. 대령을 인사나 하자고 부르실 정도로 한가한 분이 아니시거든."

어제 저녁을 먹기 전까지만 해도 이원영은 이런 고민을 하지 않았다.

하지만 저녁을 먹을 때 추지훈이 한 말 때문에 이원영의 고민은 시작되었다.

'같이 들어오면 여러모로 도움이 될 거라고 했었지.'

도움이 될 거다.

이미 군인으로서 성공한 것과 마찬가지인 이원영에게 도대체 어떤 도움을 줄 수 있다는 것인가.

하나밖에 없다.

바로 장군으로 가는 길.

하지만 대놓고 그런 말을 하는 사람은 없었다.

그도 그럴 것이 아무리 도움을 준다고 해도 사람 앞날 모른다고 특히 장성이 되는 건 정말 여러모로 변수도 많고 힘든 일이었으니까.

그렇기에 이미 장성이 된 군인들도 저런 말을 쉽게 내뱉지 않는 것.

우기호가 조심스럽게 말했다.

"제가 어제 곰곰이 생각해 봤는데 선배님께 뭐 따로 시키시려고 부르시는 게 아니겠습니까."

"뭘 시키시는데?"

"그걸 정확하게 모르겠습니다."

"……그게 생각한 거냐? 근데 나한테 뭘 시키기에는 병과가 관련이 없어서 가능성은 낮다고 본다."

우리나라 군은 보병, 포병, 기갑이 중심이었다.

작전 자체가 그들 위주로 잡혀 있었고 국방부 또한 그들을 생각해서 움직일 수밖에 없었다.

물론 공병이 일을 맡지 못한다는 법은 없었다.

하지만 공병에게 저 세 병과에서 하는 일을 맡긴다는 건 큰 문제가 있었다.

'할 줄을 모르니까.'

대령까지 공병에만 있었던 이원영이 포술과 관련해서 무엇을 할 수 있을까?

그렇기에 이원영에게 큰일을 맡기는 건 물리적으로 말이 안됐다.

차라리 대규모 지뢰 제거 작전을 펼친다면 모를까.

하지만 그것 또한 전방 사단이 알아서 잘하는 중이었다.

대한은 그들과 함께 고민하다 이내 고민하는 것을 포기했다.

어차피 대한에겐 해당사항이 안 될 일이었으니까.

'적어도 중령쯤은 돼야 낄 짬이 되지.'

그렇게 한참을 줄담배만 태우고 있을 때 마침내 흡연장에 추지훈이 나타났다.

"충성!"

"뭐야, 오늘도 일찍 출근했네?"

"그냥 평소대로 출근했습니다."

"흠, 이럴 줄 알았으면 그냥 늦게 출근하라고 할 걸 그랬나. 실장님이 한 10시쯤 불러 달라고 하셨는데."

그 말에 대한은 시간을 확인했다.

그리고 미소를 지었다.

앞으로 2시간은 더 남았는데 그 말인즉, 앞으로 2시간은 더 이원영의 불안해하는 모습을 볼 수 있다는 말이었으니까.

괜히 기뻤다.

이윽고 다들 장소를 이동해 빈 회의실에서 대기했다.

그리고 10시가 되었을 무렵, 추지훈에게서 전화가 왔다.

"충성!"

―어, 다 데리고 나와라. 실장님 도착하셨다.

"예, 알겠습니다."

대한은 전화를 끊고 두 사람을 데리고 이동했다.

실장실 앞에서 전투복을 가다듬은 이원영은 그대로 실장실의 문을 열었다.

"충! 성!"

"민간인한테 무슨 충성이야. 앉아."

"예, 알겠습니다."

대한은 한번 봤던 경험이 있어 목례만 하고 앉았다.

이윽고 허진근이 세 사람을 쓱 훑어보고는 입을 열었다.

"다들 긴장 많이 한 모양인데 그럴 필요 없어. 볼일은 한 명한테만 있고 나머지는 그냥 인사만 하려고 부른 거니까."

한 명이라.

일단 난 절대 아니겠네.

나 같은 짬찌한테 무슨 볼일이 있겠어?

심지어 감상문도 추지훈이 다 처리했을 거고.

이원영도 같은 생각인지 자세를 고쳐 앉았다.

당연히 본인일 거라 생각했으니까.

이윽고 허진근이 말했다.

"김 중위."

"예, 실장님."

"병영문화를 혁신하는 과정에서 가장 고려해야 할 게 뭐라고 생각하나?"

갑자기?

전혀 생각지도 못한 질문에 대한은 다시 심장이 쿵쾅거리기 시작했다.

그 물음에 놀란 건 대한뿐만이 아니었다.

다른 사람들도 마찬가지였다.

특히 자신한테 질문할 줄 알고 어제부터 똥줄 탔던 이원영이 가장 황당했다.

대한도 멍했다.

자기한테 볼일이 있을 거라곤…….

아니, 저런 질문은 애초에 생각조차 안 해 봤으니까.

허진근은 대한의 반응에 미소를 지으며 말했다.

"너무 갑작스럽나?"

"아, 아닙니다. 바로 답변드리겠습니다."

"오? 시간을 좀 주려고 했는데."

"아닙니다. 바로 답변드릴 수 있습니다."

인사 직능으로 끝까지 가 보려고 하는 사람인데 까짓 거 그거 하나 대답 못 할까 봐.

당황하긴 했으나 준비가 안 된 질문은 아니었다.

대한은 침을 한번 삼키고는 말을 시작했다.

"병영문화를 혁신하는 과정에서 가장 고려해야 할 건 부족했던 병사들의 복지라고 생각합니다."

"복지?"

"예, 그렇습니다."

"왜 그렇게 생각하지?"

"이 과정에서 전투력 강화라는 군의 근본적 존재 이유를 망각하지 말아야 합니다. 국방 안보를 위해 존재하는 조직임으로 이 가치를 침해하지 않는 전제하에 병영문화 혁신도 의미가 있다고 생각합니다."

대한의 말이 끝나자 허진근은 물론 자리에 있던 모든 인원들이 미소를 지었다.

허진근이 의자를 젖히며 대한을 바라봤다.

"그래서, 너는 이걸 다 생각하고 감상문, 축구대회, 휴대폰을 제안한 거야?"

"예, 그렇습니다."

허진근은 입을 다문 채 의미심장한 표정으로 대한을 바라봤다.

그의 침묵에 대한은 가시방석에 앉은 듯 긴장을 할 수밖에 없었다.

'대답이 별로였나.'

그러나 다행스럽게도 허진근은 대한의 대답이 마음에 든 듯 미소를 지으며 말했다.

"아무 생각 없이 일만 벌이는 줄 알았건만 이제 보니 개념이 아주 제대로 박힌 놈이었네. 추 장군 자네 말이 맞네."

"그냥 눈에 띄고 싶어 안달 난 놈이 아니라고 말씀드렸지 않습니까."

"그래도 확인은 한번 하고 허락해 줘야지."

추지훈은 허진근이 대한을 부른 이유를 알고 있었다.

이 자리는 허진근이 대한을 테스트하기 위해 만든 자리.

그리고 대한은 보란 듯이 그의 테스트를 통과했다.

뒤이어 허진근이 물었다.

"김 중위, 근데 부관 자리는 왜 거절한 거야?"

그 물음에 대한은 순간 생각에 잠겼다.

누구 부관 자리를 말하는 건지 알 수가 없어서였다.

그러나 대답할 필요가 없게 됐다.

허진근이 대한의 고민하는 모습을 보고 웃으며 먼저 입을 열었으니까.

"아니, 부관에 있었으면 그냥 장기 파견 받아서 일 좀 하려고 했지. 야전에서 참모하고 있는 장교를 장기 파견시킬 순 없잖아?"

대한이 국방부에 벌려 놓은 일이 한 두 개가 아니었다.

그리고 그 일을 추지훈이 거의 다 하고 있는 상황.

허진근은 자기 바로 밑에 있는 추지훈이 바쁜 게 신경 쓰였다.

그래서 이런 말을 하는 것.

하지만 대한이 아는 한 국방부에 중위 자리는 없었다.

'뭐 자리야 만들면 그만이긴 하지만 군 생활에 도움이 안 될 확률이 높다.'

그렇기에 허진근은 장기 파견을 생각했던 것 같다.

몇 주나 한두 달이 아닌 육 개월 이상짜리 파견.

'소대장 할 때 만났으면 끌려왔을 수도 있겠어.'

지금 인사과장을 하고 있어서 정말 다행이었다.

만약 지금 소대장을 하고 있었다면 대리 임무가 가능했기에 바로 파견으로 끌려왔을 터.

대한이 허진근을 보며 미소를 지으며 답했다.

"야전에서 병력들과 지내며 군 생활을 하는 게 좋습니다."

"……부관 자리를 거절한 이유가 그거야?"

"예, 그렇습니다."

"희한하군. 군대가 많이 바뀌긴 했어도 초급 간부한테 부관보다 좋은 자리는 없지 않나?"

"진급이나 선발에 도움이 되는 자리인 건 알고 있습니다. 하지만 병력들과 제일 가깝게 붙어 있을 수 있는 시기에 상급자를 따라다니고 싶진 않았습니다."

대한의 대답을 들은 허진근은 이원영을 바라보며 어이없다는 듯 물었다.

"자네가 시킨 거야?"

"절대 아닙니다. 제 군 생활 중에 부관 자리를 거절하는 초급
간부는 처음 봅니다."

"허…… 특이한 친구일세."

허진근은 고개를 내저었으나 이내 미소를 지었다.

만족의 웃음이었다.

"뭐, 특이한 놈인지 비범한 놈인지는 차차 알게 되겠지."

"아마 비범한데 특이한 놈이 될 것 같습니다."

"하하, 그럴 수도 있겠네."

이원영의 대답에 웃음을 터트린 허진근이 수첩을 펼쳤다.

"김 중위."

"중위 김대한."

"연말에 국방부에서 병영문화혁신위원회가 열린다. 그때 꼭
참석해라."

그 말에 대한은 놀라기보다 한 가지 생각이 먼저 들었다.

'또 오라고?'

감상문 검토하며 두 번 다시 국방부에 오지 않으리라 다짐했
건만 그 다짐이 며칠도 안 가서 산산조각 났다.

게다가 이번엔 내용도 심상치 않았다.

'병영문화혁신위원회라니…… 애초에 그런 곳을 내가 갈 수
있긴 한 건가?'

대한이 알기로 그곳은 병영혁신 과제를 확정하고 대국민 발표까지 하는 자리였다.

덧붙여 현역 및 예비역 장군들과 군과 관련 있고 영향력 있는 민간인들이 참가하는 자리이기도 했고.

그래서 그곳에선 군대에 일가견이 있는 사람들이 모여 논란의 대상이 되는 문제나 고려되어야 할 사항들에 대한 심도 있는 토의가 이루어진다.

그런데 그런 곳에 군 생활 2년도 안 한 중위를 부른다니?

'귀엽다고 심부름시키려고 부르는 건가.'

대한은 고민을 멈췄다.

그래.

지금 내가 고민해 봤자 뭐가 달라질까?

까라면 까는 거지.

대한이 씩씩하게 답했다.

"예, 알겠습니다."

"바로 알겠다고 하네? 내가 뭘 시킬 줄 알고?"

"청소라도 괜찮으니 참석하고 싶습니다."

"하하, 기껏 불러서 청소를 왜 시키나? 참 재미있는 친구야. 뭐, 발표를 시킬 건 아니고 참석자들이 발언을 하면 병력들과 가장 가까이 지내는 장교로서 첨언을 해 주면 된다."

"……첨언 말씀이십니까?"

"어, 특히 전투력 강화에 어긋나는 발언은 제대로 반박해 주

로또부터
장군까지

고."

대한은 허진근의 말에 벌써부터 숨이 막혀 왔다.

'그 자리에 어떤 사람들이 오는지 아는데 반박하란 말을 이렇게 쉽게 한다고?'

허진근은 본인의 말에 대한이 곤란해하는 것 같자 웃으며 말했다.

"초급 간부의 패기를 보여 줘라. 작년에 지켜보니까 이상한 소리 하는 예비역 장군들한테 한마디도 못 하더라고."

"혹시 그 예비역 장군님께서 이번에도 참석하십니까?"

"어, 그러니까 널 부르는 거다."

아, 이건 그냥 진상이랑 싸울 희생양이 필요한 거잖아…….

허진근이 말을 이었다.

"부담스러우면 날 대신해서 답변한다고 생각해라. 나도 병영문화 혁신에 대해선 너와 같은 생각이니 그냥 편하게 말하면 된다."

그게 더 불편하지 않나?

대변도 수준이 비슷할 때나 편하게 하는 거지 이건 계급 차이가 너무 심하잖아.

그러나 어쩌랴.

하기 싫다고 안 할 수도 없는 걸.

대한이 반쯤 포기한 마음으로 답했다.

"알겠습니다. 가서 패기 한번 제대로 보여 드리겠습니다."

"하하, 기대하마."

허진근은 수첩에 뭔가를 적더니 이내 수첩을 덮어 버렸다.

그리고 우기호에게 말했다.

"휴대폰 관련해서 간단하게 보고해 봐."

"예, 알겠습니다."

우기호는 보고서를 보여 주며 브리핑을 시작했다.

허진근이 연신 고개를 끄덕이고는 말했다.

"시간도 시간이지만 예산적으로 필요한 부분이 많네."

우기호가 대한을 흘끔 바라보며 말했다.

"예산 관련해서는 김 중위가 말씀드려도 되겠습니까?"

"어, 말해 봐."

예? 난 하겠다고 한 적이 없는데요?

그러나 이번에도 선택지는 없다.

대한은 차분히 설명을 시작했고 대한의 설명이 끝나자 허진근이 입꼬리를 올린 채 말했다.

"보면 볼수록 재미있는 놈이네."

"감사합니다."

"오케이, 올해는 예산 더 받을 수가 없으니 내년에 꼭 편성할 수 있도록 해 보마. 둘이서 준비 잘 해 봐."

"예, 알겠습니다!"

시원시원한 통과였다.

허진근은 대한을 보며 웃어 주고는 우기호에게 말했다.

"자네도 김 중위 올라올 때 같이 오게."

"아, 저도 참석합니까?"

"자네가 제일 큰일 벌이는데 참석 안 하는 것도 웃기지 않나? 김 중위랑 같이 한번 잘 해 봐."

"예, 알겠습니다."

다행이었다.

그런 자릴 혼자 가는 것보단 둘이 가는 게 훨씬 나았으니까.

허진근이 추지훈에게 물었다.

"뭐 더 할 거 있나?"

"없습니다."

"그래, 이 친구들 이제 파견 복귀하는 거지?"

"예, 그렇습니다."

자리에서 일어난 허진근은 이원영에게 다가가 손을 내밀었다.

"고생했다. 조심히 내려가라."

"감사합니다. 실장님도 고생 많으셨습니다."

"내가 무슨 고생을 하나. 고생은 자네들이 했지. 참, 자네만 안 불러서 서운한 건 아니지?"

"하하, 아닙니다. 제가 갈 자리가 아니지 않습니까."

"왜, 그냥 오면 되는 거지."

"그럼 실장님 뵈러 휴가 내고 참석하겠습니다."

허진근이 이원영의 어깨를 툭 쳐 주며 말했다.

"휴가 낼 필요 없을 수도 있잖아?"

"그게 무슨 말씀……."

"하하, 그냥 그렇다고. 무튼 조심히 내려가게."

"아, 예. 알겠습니다."

이원영은 허진근의 말에 고개를 갸웃거릴 수밖에 없었다.

인사를 다 마무리한 네 사람은 짐을 챙겨 흡연장으로 이동했다.

담배를 한 대 피우며 추지훈과 작별 인사를 하고는 대한과 이원영은 그대로 택시를 타고 이원영의 집으로 향했다.

그리고 이원영의 차를 타고 부대로 향했고 체력 단련 시간에 맞춰 부대에 도착할 수 있었다.

대한은 곧장 박희재에게 도착 보고를 했다.

"충성! 중위 김대한 파견에서 복귀했습니다!"

"하하, 자식. 잘하고 왔냐?"

"예, 깔끔하게 처리하고 왔습니다."

"그래, 뭐 별일은 없었고?"

"어…… 연말에 또 국방부로 가 봐야 할 것 같습니다."

"뭐? 또?"

형식상 물은 질문인데 이번엔 또 뭔데?

딱 그 표정이었다.

그의 물음에 대한은 허진근과 있었던 일들을 모두 말해 주었다.

그러자 박희재가 고개를 끄덕이며 말했다.

"그런 일이면 무조건 가 봐야지. 그나저나 너도 참 너다. 어째 일 하나를 끝내면 또 다른 일을 벌려 오냐. 스케일이 작으면 말이라도 안 하겠는데 참……."

"하하, 죄송합니다…… 그래서 저도 걱정이 됩니다."

"네가 걱정도 하고 살았어?"

"처음 하는 건 누구나 겁내지 않습니까."

"참나, 네가 처음 아닌 게 어디 있다고?"

아차.

대한이 어색하게 웃으며 답했다.

"하하…… 그래도 이건 나중에도 못 할 일 아닙니까."

"그만큼 너한테 좋은 일이라고 생각해라. 난 중령 달 때까지도 해 본 적 없는 일이었으니까."

하긴. 군 생활 그래프로 보면 박희재만큼 평이한 군 생활이 어디 있을까?

대한이 박희재에게 미소를 지으며 말했다.

"예, 뭐든 열심히 잘해 보겠습니다."

"그래, 퇴근할 거지?"

"인사하고 업무 확인하려고 했습니다."

"내려오느라 피곤했을 텐데 빨리 정리하고 쉬어라. 단장은 퇴근했나?"

"단장실로 들어가시는 것 보고 왔습니다."

"그럼 나도 단장 얼굴 보러 가 봐야겠네."

대한과 박희재는 자리에서 일어났다.

박희재는 곧장 단으로 올라갔고 대한은 인사과로 향했다.

그런데 인사과 문을 연 순간, 남승수가 와락 미간을 찌푸렸다.

Chapter 4

"누가 노크도 없이⋯⋯."

"잘 지내셨습니까?"

"어? 과장님?"

남승수가 달력을 확인하고는 놀라며 물었다.

"파견에서 일찍 복귀하신 겁니까?"

"예, 보고 싶어서 일찍 왔습니다."

"약간 징그럽긴 한데 그래도 얼굴 보니까 좋습니다."

"하하, 뭐 별일 없었죠?"

"있었으면 벌써 전화드렸을 겁니다."

안 그럴 거면서 말은.

남승수의 스타일을 아는 대한이 피식 웃으며 자리에 앉았다.

그러자 남승수가 물었다.

"퇴근 안 하십니까?"

"이제 출근했는데 벌써 퇴근합니까?"

"일찍 복귀한 거 보면 일을 바짝 당겨서 한 것 같으신데 오늘 같은 날은 그냥 쉬셔도 되지 않습니까?"

"잠깐 확인만 한번 하고 갈 생각입니다."

그 말에 남승수가 질린다는 표정으로 말했다.

"……열심히 하는 건 좋은데 그러다 쓰러지시면 곤란합니다."

"하하, 절대 그럴 일 없습니다."

대한은 컴퓨터를 켜 밀린 공문들을 확인했다.

'일 처리가 아주 빠르네.'

공모전의 결과는 이미 공문으로 내려와 있었다.

대한이 국방부를 벗어날 때 일을 바로 시작했던 것 같았다.

'대대원 절반 정도가 휴가를 받았구나.'

뿌린 휴가가 많아서 당연하다고 생각할 수도 있었다.

하지만 전군을 대상으로 한 것이었기에 당연한 숫자는 아니었다.

대대가 준비를 잘했기에 가능했던 것.

대한은 본인의 입에서 시작된 공모전을 부대원들이 잘해 준 것에 대해 감사했다.

결과를 확인한 대한이 실실 웃으며 남승수를 불렀다.

"담당관님. 이거 한번 보시겠습니까?"

"뭡니까? 뭐야, 이거 저희 대대에서만 백 명 넘습니까?"

"평가할 때는 몰랐는데 이렇게 보니 많네요."

"어휴, 안 그래도 휴가 많은 부대인데 이젠 아주 넘쳐나겠습니다."

남승수의 말에 대한은 뜨끔할 수밖에 없었다.

그도 그럴 것이 휴가가 넘치는 이유 중 대한이 아주 큰 역할을 했었으니까.

'휴가가 많으면 인사과도 귀찮아질 수밖에 없지.'

휴가를 담당하는 게 인사과니 어쩔 수 없었다.

대한이 어색하게 웃으며 물었다.

"다른 부대는 휴가 이렇게 안 줍니까?"

"따로 뿌리긴 하는데…… 훈련할 때나 한두 번이지 이렇게 수시로 뿌리는 부대는 처음입니다."

"아, 그렇습니까?"

어쩌지.

아직 휴가를 본격적으로 뿌린 것도 아닌데.

대한이 인사과장으로 온 뒤 동원 훈련과 파견으로 인해 업무에 집중한 적이 없었다.

제대로 된 시작은 지금부터였고 남승수는 아직 대한을 잘 몰랐다.

'하지만 미리 말할 필요는 없지.'

재난은 원래 갑자기 오는 법.

대한은 다시 컴퓨터를 바라봤다.

그때, 인사과 문이 열렸다.

"충성! 일병 기태준, 인사과에 용무 있어서 왔습니다."

"오, 태준이."

"어, 과장님. 파견 가셨다고 하시지 않으셨습니까?"

"집 나가서 고생을 너무 하는 것 같아서 도망쳤어."

기태준은 공감한다는 듯 고개를 끄덕이며 말했다.

"하하, 고생 많으셨습니다."

"끝내고 오니까 고생한 건 기억도 잘 안 나긴 한다만⋯⋯ 그 나저나 어쩐 일이야. 담당관님 보러 온 거야?"

대한의 질문에 남승수가 대신 대답했다.

"현역 부사관 필기 붙어서 행정 처리하려고 불렀습니다."

남승수의 말을 들은 대한은 박수를 치며 말했다.

"키야, 역시 태준이다. 필기 떨어지는 인원이 많다던데 한 번에 붙었네?"

"과장님께서 도서관 관리병 시켜 주신 덕분에 공부할 시간이 많았습니다."

대한이 배려해 준 건 맞지만 사실 기태준은 평가를 보지도 않았다.

그저 원래 있던 곳으로 돌아가기 위한 절차를 밟은 것뿐.

물론 그 사실을 대한과 남승수가 알 턱이 없다.

그렇기에 대한은 진심으로 축하해 주었다.

"체력이나 면접은 너 정도면 무조건 합격할 거니까 사실상 합격이네. 축하한다."

"감사합니다."

웃으며 대답하는 기태준.

대한은 그런 기태준을 보며 아쉬움을 느꼈다.

'아쉽네, 지성이 다음으로 이만 한 놈도 없는데.'

보기 드문 A급 병사였다.

물론 대한의 밑에 있는 건 아니었지만 그래도 부대에 A급 병사가 많으면 간부로서는 좋은 일 아니겠는가.

하지만 기태준의 미래를 위해서라도 말릴 생각은 없었다.

'난 이미 잘 썼으니까.'

소대장 보직을 마무리한 대한이 굳이 기태준을 잡을 이유가 없었다. 그리고 기태준이 부사관이 된다면 대한에게도 좋은 일이었다.

인사과장의 평가 항목 중에 간부를 만드는 것도 있었으니까.

참 고마웠다.

소대장으로 있을 때는 일을 잘했고 인사과장으로 있을 땐 실적까지 채워 주니 말이다.

그러니 챙겨 줄 수 있을 때 뭐라도 더 챙겨 주고 싶었다.

"혹시 면접 준비 좀 도와줄까?"

"아, 괜찮습니다."

"아니야, 막상 면접에 가면 떨 수도 있잖아. 우리 담당관님이

면접관 해 주면 절대 떨 일 없을 거야."

남승수는 어이없다는 듯 대한에게 말했다.

"제 의견은 왜 안 물어보십니까?"

"에이, 태준이가 면접에서 떨어지면 다 저희 책임 아닙니까. 차라리 도움 줄 수 있을 때 도와주는 게 좋죠."

"하……."

틀린 말이 아니었기에 한숨을 쉬며 고개를 끄덕였다.

그러자 기태준이 웃으며 손을 내저었다.

"진짜 괜찮습니다. 준비는 잘되어 있습니다. 바쁘실 텐데 괜히 저 때문에 시간 내실 필요 없습니다."

"흠, 그래?"

연습을 해 보는 게 낫지 않나?

대한이 잠시 고민하는 듯하자 남승수가 기태준에게 물었다.

"부사관의 역할이 뭐라고 생각하냐."

기태준은 고민도 하지 않은 채 바로 답변을 시작했다.

"사병과 장교 사이의 연결 고리라고 생각합니다. 강한 체력과 정통한 군 지식으로 원활한 작전 수행 및 안정적인 부대 관리에 기여합니다."

기태준의 답변이 끝남과 동시에 대한과 남승수는 눈을 맞추었다.

이내 남승수가 흡족한 듯 고개를 끄덕였다.

"쓸 만한 후배가 생기겠네."

"필기만 준비 잘한 게 아니었네. 컨디션 관리만 잘하면 되겠다."

대한이 기태준의 등을 두드려 주자 기태준이 씨익 웃으며 말했다.

"과장님 덕분에 군 생활하면서 자연스럽게 준비할 수 있었습니다."

"내가 부사관들이 본받을 만한 장교는 아닐 것 같은데……."

"부사관이 아니라 간부라면 다 과장님처럼 군 생활을 해야 한다고 생각했습니다."

"얼굴에 너무 금칠해 주는 거 아냐? 합격하고 자대 배치 받으면 바로 연락해야 한다? 힘든 거 있으면 언제든지 말하고. 내가 힘닿는 한 최대한 도와줄게."

"하하, 감사합니다. 저도 과장님께 도움이 되는 부사관이 되겠습니다."

"그렇게 해 준다면 너무 고맙지."

기태준은 남승수와 서류 작업을 끝내고 다시 중대로 복귀했다.

남승수는 기태준이 떠난 걸 확인하고는 대한에게 물었다.

"과장님, 혹시 태준이 과장님 밑에 있을 때 뭐 특이한 점 없었습니까?"

"특이한 점 말입니까?"

"예, 가정환경이나 사회에서 특별한 경력 같은 거 말입니다."

"음, 가정에서 예의를 중시하는 것 같긴 했는데…… 그거 빼고는 별 특이사항은 없었습니다."

남승수는 대한의 말을 듣고는 미간을 좁혔고 그 모습을 본 대한이 물었다.

"왜 그러십니까?"

"과장님은 현역 부사관 어떻게 신청하시는지 알고 계십니까?"

"신청 자체는 본인이 하고 난 뒤에 부대에서 서류 준비해 줘서 사단으로 가지 않습니까?"

"예, 맞습니다."

"근데 왜 그러십니까?"

"느낌이 좀 묘합니다. 마치 누가 땡겨 가는 느낌이랄까?"

"……예?"

대한은 남승수의 자리로 이동했다.

남승수는 대한에게 기태준의 필기시험 장소와 체력 및 면접 평가를 보는 사단을 가리켰다.

"저희 부대에서는 보통 50사단으로 가지 않습니까? 제일 가까운 사단에 가서 시험을 치면 되는 건데 기태준은 55사단으로 가서 시험을 쳤습니다."

"55사단이면…… 용인에 있지 않습니까?"

"예, 맞습니다."

"바꿔 주시지 그러셨습니까."

"제가 그것도 안 해 봤겠습니까. 당연히 연락했죠. 근데 못 바꿔 준답니다."

대한이 고개를 갸웃거렸다.

"원래 그런 건가?"

"안 되는 게 많은 군대이긴 하지만 그런 걸 안 바꿔 주는 곳은 또 아닙니다. 제가 바꿔 본 적이 있어서 아는데 이렇게 못 바꿔 준다고 하진 않습니다."

"흠, 희한하네. 그럼 태준이는 어떻게 갔습니까? 누가 데려다 줘야 하는 거 아닙니까?"

"그냥 휴가 내고 갔답니다."

"이번에도 휴가를 냈답니까?"

"예, 휴가증 끊어 주고 교통편도 알아봐 줬습니다."

희한했다.

아무리 현역 부사관이 된다면 다른 부대에 가야 하고 이 부대에서 얻은 휴가는 필요가 없어진다지만 굳이?

대한은 미간을 좁혔다가 이내 생각하는 걸 그만두었다.

"뭐 별일 없으면 된 거 아니겠습니까?"

"애, 고생하는 게 좀 그렇지 않습니까."

"나중에 잘 풀리려고 그러는 거라고 생각해야죠."

두 사람은 기태준을 응원하고는 이야기를 마무리했다.

하지만 이는 남승수가 예리했던 것이다.

기태준의 시험 장소는 기무사령부에서 직접 선정해 준 것이었기에 남승수의 전화에도 바꿔 주지 않았던 것.

그리고 그 과정에서 남승수가 55사에 열렬히 따졌던 것이 기무사령부로 들어갔다.

이 결과, 대한과 마찬가지로 남승수 또한 기무사령부가 신경을 쓰기 시작했다.

그로부터 얼마 뒤, 공문 처리를 다 한 대한이 자리에서 일어나며 말했다.

"담당관님, 저 먼저 들어가 보겠습니다."

"파견 다녀오시느라 고생 많으셨습니다. 얼른 가서 쉬십쇼."

"예, 인사과 잘 지켜 주셔서 감사합니다."

"제가 할 일 했을 뿐입니다."

그렇게 말하는 남승수가 내심 고마웠다.

남승수는 대한이 해야 할 일까지 모두 처리해 주고 있었으니까.

'좋은 술 하나 더 준비해야겠어.'

그리 생각하며 막사를 나서자 흡연장에 있던 여진수가 대한을 불렀다.

"대한아!"

대한은 목소리를 듣자마자 여진수에게 달려갔다.

"충성!"

"파견 복귀했으면 복귀했다고 신고도 안 해? 너 나오는 거 보고 깜짝 놀랐다."

그 말에 대한이 어색하게 웃었다.

오늘은 조용히 가려고 했는데 이걸 걸리네.

대한이 말했다.

"하하, 과장님 바쁘시지 않습니까. 내일 아침에 제일 먼저 드리려고 했습니다."

"장난이다. 단 작전장교한테 단장님 복귀했다는 거 듣고 너도 온 줄 알고 있었다. 그나저나 숙소에 있을 줄 알았더니 왜막사에서 나오냐?"

"아, 잠깐 업무 밀려 있나 확인하고 쉬러 가는 중이었습니다."

그 말에 여진수가 질린다는 듯 고개를 저었다.

"대단한 놈…… 그보다 너 또 국방부 가서 일 벌리고 왔더라?"

"제가 하고 싶어서 벌인 건 아닙니다만…… 그나저나 어떤일 말씀이십니까?"

"축구대회 준비하라고 하던데?"

"아, 축구대회."

대한의 반응에 여진수가 고개를 갸웃하며 물었다.

"너 근데 반응이 좀 이상하다? 이거 말고 또 뭐 있어?"

아, 또 말실수했다.

대한이 얼른 도리질했다.

"……아, 아닙니다. 아무것도."

"……아닌 게 아닌 것 같은데?"

대한은 고민했다.

휴대폰 건이 남아 있긴 했지만 이걸 지금 말해야 할지.

예산이 나와야 뭘 해 볼 수 있는 일인데 그건 최소 내년이 될 터. 그리고 그때쯤이면 여진수는 여기에 없다.

하지만 이러한 사실을 미리 이야기하면 여진수 성격상 남아 있을 박희재를 위해서라도 미리 준비를 시작할 것이다.

이번에 공병단이 시범 부대로 선정된 것과는 별개로 여진수는 박희재에게 큰 은혜를 입었으니까.

'그래, 이야기하자.'

대한은 결국 실토하기로 했다.

"연말에 제가 국방부로 또 가야 합니다."

"어? 또?"

"예, 국방정책실장님이 부르셨습니다."

"……응?"

국방정책실장.

그 말에 여진수는 하마터면 담배를 떨어뜨릴 뻔했다.

여진수가 겨우 담배를 붙잡으며 물었다.

"그분이 널 왜 불러?"

"병영문화혁신 관련해서 토론을 하라고 부르신답니다."

"토론? 그런 곳에 중위를?"

"병사들이랑 제일 가까운 것이 저라고 와서 토론하라고 하셨습니다."

"와…… 너 복주머니 제대로 찼네."

"복주머니 맞습니까?"

"당연하지, 인마! 군대에서 그렇게 뛸 수 있는 기회가 흔한 건 줄 알아?"

"뛰면 안 좋은 거 아닙니까?"

"짬 먹고 뛰면 별로인데 너 같은 짬에는 막 뛰어도 귀엽게 봐주지."

그렇군.

나쁜 건 아니라고 생각했는데 이젠 확신이 생겼어.

그래도 걱정이 되는 게 하나 있다면 너무 뛰어서 나중에 적이 많아질까 싶은 것 정도?

대한이 웃으며 말했다.

"감사합니다. 그럼 복주머니 찼다고 생각하고 제대로 한번 잘해 보겠습니다."

"그래, 토론 준비 도와줄 거 있으면 말해. 언제든 도와주마."

"예, 감사합니다. 아, 그나저나 축구대회 이야기는 어디까지 들으신 겁니까?"

"작전장교가 팀 꾸린다고 대대에서 축구 잘하는 애들 좀 추려 달라고 하던데?"

빠르네.

이야기 들은 지 얼마나 됐다고 벌써 팀 꾸릴 준비부터 하나.

하지만 이해는 됐다.

영천에서 할 민간 대회도 군침 돌며 준비하려 했는데 그보다 더 영광스러운 대회를 나가게 되었으니.

근데 생각이 여기까지 미쳤을 때쯤 문득 한 가지 걱정이 들었다.

'근데 이 양반은 이제 소령이잖아?'

이 양반 성격상 축구에 꽂히면 축구대회만 준비할 것 같은데…….

대한이 생각하기에 이 정도 속도라면 내일 정도에 호출을 당할 것 같았다.

"혹시 언제까지 추려 달라고 했습니까?"

"내일 너 출근해서?"

"아, 제가 하는 것이었습니까?"

"당연하지. 나한테는 허락을 구했던 거고 너한테 당장 연락하려는 거 내가 하지 말라고 말렸다. 파견 복귀한 애한테 바로 일 시키려고 하냐고."

역시.

안 좋은 예감은 어째 빗나가질 않는다.

대한이 어색하게 웃으며 답했다.

"하하, 감사합니다."

"감사는 무슨, 일 시키려고 하는 놈이 정신 나간 거 아니냐?

이게 당연한 거지."

맞장구를 치기에는 현정국이 상급자라 웃음만 지을 뿐이었다.

여진수는 대한이 웃는 걸 보고는 등을 두드려 주며 말했다.

"무튼 며칠 얼굴 안 보다가 다시 보니 반갑네. 얼른 내려가서 쉬고 내일 보자."

"예, 과장님. 먼저 내려가 보겠습니다. 충성!"

"오냐."

대한은 그대로 간부 숙소로 내려갔다.

그리고 쉬기 전에 축구 장비들을 다시 점검했다.

✳

다음 날 아침.

전날 일찍 취침에 들어간 대한은 평소보다 빠르게 출근했다.

그런데 출근하는 길에 주둔지를 뛰고 있는 사람을 보고는 눈을 의심했다.

"······충성!"

"어, 충성!"

뜀걸음을 하던 현정국이 대한을 보고 멈춰 섰다.

그리고 제자리 뛰기를 하며 말했다.

"잘 쉬었냐?"

"예, 푹 쉬었습니다. 체력 단련 중이셨습니까?"

"그래, 전 군이 보는 축구 대회를 나가는데 소령씩이나 돼서 체력 떨어진 모습을 보여 줄 순 없지 않겠냐."

당신 이미 특급전사잖아.

심지어 가라도 아니고 진짜인.

대한이 혀를 내두르며 말했다.

"……작전장교님 체력 좋으시지 않습니까?"

"야, 뜀걸음 체력이랑 축구 체력이랑 같냐?"

"……비슷한 거 아닙니까?"

"쯧쯧, 축구를 제대로 안 해 봐서 모르나 본데 거기에는 아주 큰 차이가 있단다. 일단 난 좀 더 뛰어야 하니까 먼저 올라가 봐라. 조금 뒤에 보자."

현정국은 대한에게 인사를 한 뒤 그대로 전력질주를 했다.

대한은 현정국에게 경례한 뒤 그대로 인사과로 올라왔다.

그리고 곧장 대대 축구 명단을 작성하기 시작했다.

'조금 뒤에 보자고 했으니 일과 시작하자마자 부를 양반이다.'

현정국 성격상 당연한 일이었다.

그는 수직적 관계를 지향하는 사람이었으니까.

대한은 조용히 한숨을 쉬며 명단을 작성했다.

작성은 오래 걸리지 않았다.

이미 대대에서 축구를 잘하는 이들은 대한이 다 알고 있었으니까.

가장 고민이 되는 건 대한이 참가를 하느냐 마느냐였다.

'대회 진행하라고 불려 다닐 위험이 있단 말이지.'

계획에는 없었지만 또 모르는 일이었다.

국방부의 입장에서 가장 만만한 게 대한이었으니까.

대한은 조심스럽게 본인의 이름을 제외한 명단을 현정국에게 보냈다.

그리고 얼마 뒤, 일과가 시작된 후 현정국이 옷을 다 환복한 채 인사과 문을 열었다.

"야, 김대한이."

"충성! 여기까지 어쩐 일이십니까? 환복은 또 왜……?"

"연습해야지. 빨리 옷 갈아입고 나와."

"저 말씀이십니까? 대대 명단에는 제 이름 없습니다."

"네가 보냈는데 네 이름을 왜 누락하냐? 수비 제대로 하는 놈이 너밖에 없는데 누가 수비하라고? 이상한 소리 하지 말고 빨리 나와."

현정국은 그대로 문을 닫고 연병장으로 나갔다.

하, 이걸 이렇게 뚫리네.

대한이 한숨을 쉬며 자리에서 일어나자 남승수가 물었다.

"축구하러 갑니까?"

"예, 그래야 할 것 같습니다. 전군 축구대회가 열릴 거라 연습하러 가야 합니다."

"하하, 일과 때 놀면 좋지 왜 그렇게 울상이십니까?"

"노는 게 아니니까 그런 거 아니겠습니까."

"훈련하는 것도 아니지 않습니까?"

"훈련이라…… 내기 하시겠습니까?"

"예?"

"대회를 위해서라면 훈련도 할 분입니다."

"에이, 설마…….

남승수는 설마 하는 표정으로 자리에서 일어나 연병장을 확인하러 갔다.

그리고 얼마 뒤, 얼굴에 미소를 머금으며 돌아왔다.

"밖에 라바콘 깔고 있습니다."

"하…… 혹시 담당관님이 대신 가시겠습니까?"

"전 축구화도 없습니다."

"축구화 빌려드리겠습니다."

"안 하실 것처럼 말씀하시더니 장비는 다 챙겨 오셨습니다?"

"후, 준비성이 철저한 편입니다."

대한은 조용히 한숨을 쉬고는 환복을 완료했다.

그리고 방송으로 대대 대표 인원들을 불러 모았고 연병장으로 훈련을 받기 위해 이동했다.

연병장에는 단과 대대에서 차출된 축구 대표들이 모여 있었다.

간부와 병사 할 것 없이 축구를 잘하는 이들이었고 대한은 축구화의 끈을 묶으며 조용히 한숨을 내쉬었다.

"아무리 봐도 내가 여기 낄 건 아닌 것 같은데……."

그러자 대대 에이스 양준규가 웃으며 말했다.

"과장님이 안 오시면 누가 옵니까. 제가 봤을 때 팀에 실질적으로 도움 되는 선수는 과장님뿐입니다."

"난 수비가 아니라 공격으로 도움을 주고 싶다고."

"상대편 골을 막는 것도 엄청난 도움입니다."

"골 먹히면 욕을 얼마나 먹을 줄 알고?"

"공격수도 골 못 넣어서 욕먹는 건 마찬가지입니다."

"에휴, 공격수가 수비수 마음을 어찌 알겠냐. 그나저나 지금 하려는 훈련이 뭔지 알겠냐?"

"콘 위치를 보니까 체력 훈련 같습니다."

"이렇게 모아 놓고 체력 훈련을 한다고?"

의욕이 넘치길래 뭐 대단한 기술이라도 알려 주나 했더니 체력 훈련이었어?

대한의 반응에 양준규가 웃으며 말했다.

"체력 훈련이 힘들어서 그렇지 필수입니다."

"알지. 아는데…… 여기 있는 인원들 중에 체력 부족한 애들이 어디 있냐?"

틀린 말은 아니었다.

슥 봐도 전부 특급전사 출신들.

심지어 대한은 최정예 전투원까지 선별된 인물이었다.

"맞는 말씀이십니다. 차라리 패스 훈련이 더 나아 보이긴 합니다."

"가서 말 해 볼래?"

"제가 말입니까?"

"어, 네가 축구 더 잘하잖아."

"어…… 그래도 이제 소령님이시지 않습니까?"

"하긴…….''

그놈의 계급.

불만이 있어도 어쩔 수 없었다.

대한이 고개를 내젓고 자리에서 일어나 스트레칭을 시작했다.

그때, 정우진과 이영훈이 흡연을 하고 대한에게 다가왔다.

이영훈이 미간을 잔뜩 찌푸린 채 대한을 불렀다.

"대한아."

"예, 중대장님."

"왜 나까지 대표에 넣었냐."

"중원의 마에스트로를 빼면 누굴 넣습니까?"

"그래도 나는 빼 줬어야지. 선배님 하나로 충분한 거 아니야?"

정우진이 이영훈을 어이없다는 듯 바라봤다.

"군대가 아무리 거꾸로 돌아간다지만 이건 내가 빠져야 하는 게 맞는 거 아니냐?"

"선배님이 저보다 잘하시는데 어떻게 선배님이 빠지십니까. 부대를 위해서라도 절대 안 됩니다."

"하, 우리 둘 다 곧 부대 이동인데 이게 뭐 하는 짓이냐."

정우진과 이영훈이 동시에 한숨을 내쉬었다.

맞는 말이긴 했다.

두 사람은 거의 동시에 중대장으로 왔기에 올해 말쯤 다른 보직을 수행하러 비슷한 시기에 떠난다.

그런데 6개월도 안 남은 이 시점에 아직 정식으로 계획도 안 나온 축구 대회를 준비해야 하다니.

그러나 그런 핑계는 댈 수 없었다.

정작 제일 열정 넘치는 현정국 또한 올해 말에 부대를 옮겨야 했으니까.

현정국은 스타킹까지 신은 채 연병장으로 뛰어나왔고 휘슬을 불어 인원들을 집합시켰다.

"반갑다. 오늘부터 공병단 축구 팀 감독을 맡은 현정국이다."

현정국의 말이 끝나기 무섭게 이영훈이 환호를 질렀다.

"와아!"

"야야, 오버 하지 마."

"예, 알겠습니다."

현정국이 이영훈을 제지했지만 싫은 표정은 아니었다.

저런 솔직하지 못한 놈 같으니.

그때 이영훈이 조용히 목소릴 낮춰 대한에게 말했다.

"이정도면 오늘은 무난히 넘어갈 수 있겠지?"

"실수하신 겁니다."

"왜?"

"1등으로 리액션 했으니 이제부턴 중대장님만 부르지 않겠습니까?"

"아."

아니나 다를까.

훈련 설명을 하던 현정국이 이영훈을 불렀다.

"1중대장!"

"예, 감독님."

"전력 질주한 뒤에 방향 전환하는 거 시범 한번 보여 봐."

"처음 해 보는 건데……."

"못 해도 괜찮으니까 해."

제기랄.

이영훈은 그렇게 말하며 라바콘을 뛰어다녔다.

대충 뛰면 다시 할 것이 뻔하기에 최선을 다했고 현정국이 흡족해하며 말했다.

"자, 다들 봤지? 딱 1중대장처럼 최선을 다해서 실시한다. 알겠나?"

"예, 알겠습니다!"

이영훈이 대한의 옆으로 와 숨을 고르며 말했다.

"하아, 하아. 존나 빡센데?"

"대충하시지 그랬습니까."

"안 돼. 그럼 또 해야 하잖아."

"감독의 눈밖에 벗어날 생각이 없으신 것 같습니다?"

"……아닌데?"

훈련이 시작됐다.

대한은 체력 보존을 위해 설렁설렁했다.

그러다 1시간이 지날 때쯤 그 설렁설렁도 안 먹혔다.

선발 인원들 모두 표정이 굳기 시작한 것.

"이, 이거 언제까지 합니까?"

"우웩! 하아, 몰라. 그냥 죽일 건가 봐."

대한과 이영훈이 무릎을 짚은 채 거칠게 숨을 내쉬었다.

그러자 양준규가 여유로운 얼굴로 다가와 말했다.

"축구 체력은 또 다르지 않습니까?"

"뭐야, 넌 또 왜 이렇게 멀쩡해?"

"매일 하던 것입니다. 딱 몸 풀기 끝났습니다."

"……미친."

진짜 축구 체력이란 게 존재하는 건가?

현정국은 대표 인원들이 퍼지는 것을 보고는 혀를 찼다.

"이렇게 체력이 안 좋아서 90분 다 뛰겠어? 1중대장!"

"예, 감독님!"

"라바콘 치우고 경기 준비해."

"……예!"

이영훈은 대한에게 도움의 눈길을 보냈다.

하지만 대한은 이미 등을 돌려 버린 상태였다.

'그러게 나대지 말라니까.'

대한과 정우진은 서둘러 자리를 피해 잠깐이나마 휴식을 취했다.

잠시 후, 경기 시작 전 팀을 나누었다.

그런데 팀 상태를 확인한 대한은 인상을 찌푸릴 수밖에 없었다.

"이거…… 팀 구성이 왜 이렇습니까?"

"나도 몰라. 왜 나한테 그래?"

"중대장님이 감독님 오른팔이지 않습니까."

"뭔 소리야, 내가 왜 오른팔이야."

"아니, 그건 둘째 치고 공격수 10명, 수비수 10명 이렇게 팀 나누는 게 맞습니까?"

"……."

공격수로만 이루어진 팀과 수비수로만 이루어진 팀.

놀랍게도 실화였다.

현정국은 아주 극단적인 팀 분배를 했다.

공격수로만 이루어진 공격 팀과 수비수만으로 이루어진 수비 팀으로 나눠 버렸고 이렇게 진행이 된다면 경기장을 반만 쓰게 될 것이 뻔했다.

'이게 훈련이 되는 거야?'

축구에 대해 잘 알면 반박이라도 해 보겠지만 애석하게도 이건 대한이 잘 모르는 분야였다.

양준규도 별말 없는 걸 보니 이상한 훈련은 아닌 듯했다.

대한이 한숨을 삼키며 정우진에게 가 조용히 속삭였다.

"……일단 이렇게 된 거 저희도 저희 나름대로 작전이 필요하지 않겠습니까?"

그러자 정우진이 관심을 보였다.

"뭐, 좋은 생각 있어?"

"최선의 방어는 공격이라고 했습니다."

"……일단 시작이 마음에 든다. 자, 다 모여 봐!"

정우진이 곧바로 수비 팀을 끌어모았고 대한이 작전을 설명하기 시작했다.

현정국은 본인을 빼놓고 회의하는 것이 마음에 들지 않았는지 이영훈을 불렀다.

"1중대장, 뭐 해?!"

"아, 수비 전술을 정하는 중이었습니다."

"대인 마크 위주로 수비만 하라니까?"

"예, 알겠습니다!"

대한은 두 사람의 이야기를 듣고는 비장하게 말했다.

"오늘부터 공병단은 수비수가 핵심입니다. 절대 공격수들의 연습 상대가 아닙니다. 자, 작전들 잘 기억해 주시고 파이팅 한

번 외치겠습니다."

작전 회의를 빠르게 끝낸 수비 팀은 각자 맡은 위치로 돌아갔다.

이내 경기가 시작되었고 양준규가 대한의 근처까지 단숨에 들어왔다.

"준규야."

"예, 과장님."

"공 잡으면 돌파할 생각 절대 하지 마라. 진심이다."

"……예?"

"명령이다. 상관에 대한 명령 불복종은 어떻게 처리하는지 알지? 총살이야."

양준규가 어색하게 웃으며 답했다.

"혹시 아까 작전 회의한 것이 계급으로 해결하는 것이었습니까?"

"상대편 작전을 물어보는 선수가 어디 있냐?"

"……과장님이 말씀하신 거니 충실히 이행하겠습니다."

양준규는 피식 웃으며 대한의 명령을 수행하기 시작했다.

전방으로 오는 패스는 전부 다 뒤로 내어 주며 직접 돌파는 하지 않았다.

그러자 현정국이 짜증 가득한 목소리로 외쳤다.

"어이, 공격! 몸만 돌리면 1대1 찬스인데 그걸 왜 돌려?! 그리고 수비수들 제대로 마크 안 할래? 사이드가 완전히 노마크

잖아!"

그런 소리 할 것 같으면 공격 팀에서 뛰고 있질 말았어야지. 어딜 상대편한테 이래라 저래라야?

대한은 물론 수비수들 모두 현정국의 말을 듣지 않았다.

현정국은 본인의 말에도 변함이 없자 경기를 멈춰 세웠다.

"야야, 잠깐. 너희들 뭐 하는 거야? 감독 말이 말 같지 않아?"

그러자 정우진이 답했다.

"감독님. 수비 팀 인원들 거의가 대대 인원들인데 저희가 예전부터 잘하던 것이 있습니다. 그래서 말인데 저희가 전부터 호흡 맞춘 것이 있는데 이게 안 통한다면 그때부턴 감독님 지시에 따르겠습니다."

현정국은 인원들을 살피고는 이내 고개를 끄덕였다.

"어떻게 딱 단이랑 대대 인원들로 나눠졌냐, 우연인가? 일단 알겠다. 대신 한 골이라도 먹히는 순간 끝이다."

"예, 알겠습니다."

현정국도 본인의 감독으로서 권위를 제대로 다져 놓기 위해 필요한 과정이라 생각한 듯했다.

대한은 그의 대답에 미소를 지었다.

'경기 멈추고 다시 팀을 짜는 게 좋았을 거다.'

경기가 다시 시작되었고 계속해서 백 패스를 내어 주는 양준규를 대신해 현정국이 직접 공을 몰고 공격을 하기 시작했다.

그러자 양쪽 사이드를 포기하고 있던 수비들이 점점 현정국

쪽으로 몰렸다.

현정국은 밀집되는 수비들을 보고는 회심의 미소를 지었다.

"수비가 몰리면 대응이 늦다고!"

현정국이 그대로 속도를 올려 돌파를 시도했다.

급격히 속도를 올린 탓에 현정국이 공과 멀어졌고 대한이 기다렸다는 듯이 달려 나가 태클을 쓸었다.

대한의 태클은 정확하게 공을 걷어낸 뒤 현정국까지 넘어뜨렸다.

"으악!"

전속력으로 달리던 현정국이 갑작스러운 태클로 인해 볼썽사납게 바닥을 굴렀다.

대한은 현정국의 눈치를 살피지도 않고 재빨리 자리에서 일어나며 말했다.

"공만 터치했다."

"굿 태클."

"태클의 정석이네."

정우진과 이영훈이 대한에게 엄지를 치켜들었고 현정국이 어이없다는 듯 그들을 바라봤다.

하지만 그뿐이었다.

그도 축구를 했던 인물이었기에 이것이 반칙이 아니라는 걸 알고 있었으니까.

그래도 흙바닥에서 태클은 너무 심하다고 생각했는지 대한에게 말했다.

"대한아, 네가 다친다."

"감독님, 축구는 전쟁 아니었습니까? 제 몸 하나 던져서 팀을 승리할 수 있다면 얼마든지 던질 겁니다."

"……그래도 부상은 안 된다."

대한은 현정국의 말에 미소로 대신 대답했다.

'오히려 부상도 좋지.'

대한이 수비 팀들에게 전한 작전 중 하나가 차라리 부상을 당하라는 것이었으니까.

'체력 훈련 1시간하고 샌드백처럼 훈련 파트너 해 줄 바에는 차라리 안 하는 게 낫지.'

하지만 자진해서 안 할 방법은 전혀 없었고 그나마 합법적으로 도망칠 방법은 부상뿐이었다.

그리고 무엇보다도 이렇게 수비하는 게 수비 팀 입장에선 가장 재미있었다.

'우리가 프로도 아니고 축구에 목숨 걸 필요는 없잖아. 다 재밌자고 하는 건데.'

축구 대회의 취지를 생각해서라도 현정국의 방식은 좀 아니었다.

대한의 태클이 성공한 뒤 수비 팀들의 분위기가 오르기 시작했고 현정국이 다시 한번 공을 잡고 드리블을 시작했다.

그런데 이젠 현정국의 태도가 좀 조심스러워졌다.

태클을 의식하고 있던 것인지 공을 발에 딱 붙인 채 전진을 하고 있었던 것.

수비수들은 공간을 좁히며 현정국에게 다가갔다.

그러자 현정국이 불안함을 느꼈는지 반박자 빠른 중거리 슛을 때렸다.

뻐엉!

공이 낮게 깔리며 골대를 정확히 향했다.

그때, 이영훈이 발을 쭉 뻗어 골키퍼 대신 공을 밖으로 쳐 냈다.

그리고 골을 넣은 듯한 골 세리머니를 하기 시작했다.

"와아아악!"

대한과 정우진은 이영훈의 골 세리머니에 피식 웃으며 다가갔다.

"아니, 골 넣은 줄 알았습니다."

"이제 5분 정도 지났다. 괜히 힘 빼지마."

이영훈이 자신 있는 목소리로 말했다.

"45분이든 90분이든 꽉 막아 드리겠습니다."

"좋아, 해보자."

세 사람은 다시 의지를 다지고는 다시 수비에 돌입했다.

현정국은 약이 올랐는지 훨씬 더 많은 공격을 시도했다.

이내 1대1 찬스 시도까지 실시했고 세 사람은 이때다 싶어 태클을 준비했다.

처음 태클은 가볍게 피했다.

현정국 또한 군대 축구에 적응할 만큼 한 인물.

이런 거친 축구에 쉽게 당할 인물이 아니었다.

하지만 한 명의 태클이 아니라 두 명의 태클이라면?

국가대표가 아닌 이상 당할 수밖에 없었다.

현정국은 대한의 발에 걸려 넘어져 바닥에 몸을 굴렀다.

"크아악!"

큰 비명이 터졌지만 원래 엄살이 심한 사람이라 가볍게 무시했다.

정우진이 대한의 손을 잡아 일으켜 주며 말했다.

"굿 태클."

"아쉽습니다. 공이랑 같이 쳐 냈어야 했는데."

"괜찮아. 필드 골만 안 먹히면 되잖아."

대한의 태클은 누가 봐도 반칙이었다.

현정국이 반칙을 당한 위치에 따라 페널티킥이 주어졌다.

공을 챙긴 대한이 현정국에게 다가갔다.

"작전장교님, 제 반칙입니다."

"아아…… 야, 나 진짜 다친 것 같아."

"에이, 페널티킥입니다. 얼른 차십쇼."

"진짜 못 일어나겠다니까. 나 좀 일으켜 봐."

대한이 고개를 갸웃하며 현정국을 부축했고 현정국은 발목이 삔 것인지 제대로 걷질 못 하는 중이었다.

"괜찮으십니까?"

"아니, 일단 의무실 좀 가 봐야겠다. 어이, 공격수 네가 내 대신 차."

현정국이 양준규를 가리키며 말했다.

대한은 현정국을 밖으로 부축해 준 뒤 정우진, 이영훈과 함께 양준규에게 다가갔다.

"공 여기 있다."

"예, 감사합니다."

"준규야."

"예?"

"골 넣을 거냐?"

"……잘못 들었습니다?"

"골 넣으면 내가 정말 속상할 것 같다."

"그래, 나도 속상할 것 같다."

"너 간부들 속상하게 할 거야?"

그 말에 양준규가 기가 찬다는 듯 입을 반쯤 벌렸으나 몰려드는 계급 러쉬에 금방 입을 다물었다.

"……알겠습니다."

양준규는 호흡을 고르고는 킥을 찼고 그대로 골대를 맞춰 버렸다.

공은 그대로 라인 밖으로 벗어났고 양준규가 대한과 이영훈을 바라보며 눈을 찡긋거렸다.

"좋아, 준규."

"아, 너무 아쉽습니다."

양준규의 실축 뒤로는 공격 팀이 제대로 공격하는 일이 없었다. 그도 그럴 것이 수비 팀 전원이 틈만 보이면 태클을 들어가고 있었으니까.

흉흉한 분위기를 뿜어내는 수비수들의 패기에 눌려 버린 것이다.

그렇게 전반전이 0 대 0으로 끝나고 작전타임.

대한이 수비 팀을 불러 모았다.

"작전대로 작전장교님을 아웃시켰고 실점도 하지 않았습니다. 그리고 상대편이 저희를 겁내기 시작했으니 이제는 공격해 볼 것입니다."

그러자 이영훈이 물었다.

"공격은 또 어떻게 하냐. 태클로 골을 넣을 순 없잖아."

"제가 뒤에서 때려 드리겠습니다. 전부 다 공을 향해 달려드십쇼."

"……9명이 전부?"

"예, 그리고 실패한다면 그냥 반칙하고 내려오십쇼."

더럽기 짝이 없는 축구였다.

하지만 군대에서 이런 축구는 환영이었다.

'낭만 있잖아.'

투혼 그 자체의 축구였다.

보는 사람들도 재미가 있을 수밖에 없었고 우승은 모르겠지만 1승은 무조건 할 수 있을 전략.

이내 후반전이 시작되었고 수비 팀은 시작과 동시에 공을 대한에게 패스한 뒤 전방으로 모조리 올라갔다.

대한은 사람이 아닌 골대를 향해 높게 공을 올렸다.

그러자 9명의 수비수들이 먹이를 보고 뛰어오르는 물고기마냥 여기저기서 솟구쳐 올랐다.

너무 많은 숫자에 당황한 상대편이 당황하며 자리를 찾지 못했고 이영훈에게 노마크 찬스가 생겼다.

아무도 맞지 않고 바닥에 떨어진 공이 이영훈의 앞으로 굴러갔고 그대로 전력을 다한 슈팅을 때렸다.

하지만 이영훈의 슛은 골키퍼 정면을 향했다.

그런데 골키퍼도 당황했는지 쉬운 공을 놓쳐 버렸고 그 틈을 놓치지 않은 정우진이 그대로 굴러 나온 공을 골대로 때려 넣었다.

골을 넣은 정우진이 골키퍼에게 말했다.

"나이스 어시스트."

"가, 감사합니다."

이영훈이 정우진의 골을 부러워하며 말했다.

"아…… 제가 다 만든 건데."

"결정력이 부족하네. 다음엔 패스해. 슈팅은 안 되겠다."

"하……."

대한이 돌아오는 정우진을 향해 박수를 치며 말했다.

"역시 중대장님이십니다."

"당연한 거지. 이제 다시 잠그는 건가?"

"예, 이제 저희가 잘하는 거 하면 됩니다."

대한의 팀은 다시 수비에 집중했고 90분이 다 끝날 때까지 단 한 번의 유효슈팅도 허락하지 않았다.

결과는 1 대 0.

현정국이 없었기에 경기를 마무리 지은 대한이 양준규를 데리고 의무실로 향했다.

의무실에는 파스 냄새가 진동을 하고 있었고 현정국이 찜질을 하는 중이었다.

두 사람의 등장에 현정국이 물었다.

"경기 끝났냐?"

"예, 끝났습니다."

"누가 이겼어."

"수비 팀이 이겼습니다."

"하…… 내가 없는 게 크네."

부상은 크지 않아 보였다.

그냥 약간 접질린 정도였고 대한이 마지막에 발을 빼서 다행인 것 같았다.

'아무리 귀찮게 하는 양반이라도 같은 팀이잖아. 스포츠 정신을 발휘해야지.'

대한이 현정국에게 물었다.

"발은 좀 괜찮으십니까?"

"어, 괜찮다. 한 이삼 일 쉬면 괜찮아 질 걸?"

"죄송합니다. 작전장교님을 막는 방법은 태클뿐이라……."

현정국은 대한의 말에 기분이 좋은 듯 웃으며 답했다.

"그래, 좋은 태클이더라. 이영훈이 태클 피하다가 네 태클에 제대로 당한 거야. 그래도 대회에서는 최대한 자제해라. 바로 실점으로 이어질 수도 있으니까."

"예, 알겠습니다."

"그나저나 훈련 어땠냐? 단장님께서 오후에는 덥다고 오전에 체력단련 겸 대회 준비를 하라고 하셨는데."

그 말에 대한이 기다렸다는 듯이 말했다.

"축구 훈련을 처음해서 잘은 모르겠지만 색다르긴 했습니다."

"원래 처음이 적응하기가 좀 힘들지."

"그런데 양 상병이 말하기를 공격수 위주의 훈련이라 전체적인 도움은 안 된다고 했습니다."

그 말에 양준규가 놀란 표정으로 대한을 보았고 그것은 현정국 역시 마찬가지였다.

"뒤에 있는 저 친구?"

"예, 그렇습니다."

대답하는 대한의 눈에서 이채가 서리기 시작했다.

양준규가 그게 무슨 소리냐는 표정을 지었지만 대한은 모른 척했다.

대한은 진심이었다.

어차피 훈련받는 것 제대로 된 훈련을 받아야 하지 않겠나.

감독은 못 바꾸더라도 코치라도 추가할 생각이었다.

게다가 대한이 두 훈련을 경험해 보니 양준규의 훈련이 도움이 되는 것 같았다.

그래서 양준규를 방패막이로 데려온 것.

대한이 말했다.

"이 친구 저희 대대 공격수인데 누군지 아시지 않습니까?"

"알지. 내가 기대하는 놈 중에 하나인데."

현정국은 아무나에게 미친놈이 아니었다.

그가 잘 대해 주는 부류가 있었는데 그중 하나는 축구를 잘하는 사람이었다.

현정국이 양준규를 인정하며 말했다.

"내가 10년도 넘은 훈련 방식이라 최신 훈련을 해 온 친구들이 보기에는 별로였나 보네."

그 말에 양준규가 얼른 고개를 저으며 말했다.

"아닙니다. 공격수에게는 꼭 필요한 훈련이 맞습니다. 하지만 수비수나 미드필더에게는 크게 도움이 안 된다고 생각합니다."

"그래? 흠, 그러면 안 되는데. 좋은 생각 있나?"

양준규는 대한의 눈치를 봤고 대한이 고개를 끄덕이자 현정국에게 다가가 훈련 계획을 설명했다.

급하게 데려온 것치곤 임기응변이 뛰어났다.

현정국은 양준규의 설명을 진지하게 들어 주었고 이내 흡족한 듯 고개를 끄덕였다.

"이야, 역시. 선수 출신이라 그런지 대화가 통하네."

대한 또한 양준규를 대견하다는 듯 바라봤다.

현정국이 대한에게 물었다.

"준규 공병단 코치 시킬까?"

"좋은 생각이신 것 같습니다."

"어떻게 할래? 해 볼 거냐?"

현정국의 물음에 양준규가 씩씩하게 답했다.

"예, 시켜만 주시면 열심히 하겠습니다."

"좋아. 나도 훈련 계획 짜기 힘들었는데 잘됐다. 양 프로, 강한 팀으로 만들어보자."

"예, 알겠습니다!"

대한과 양준규는 그대로 의무실을 나왔다.

대대로 복귀하는 길, 양준규가 대한에게 물었다.

"과장님, 처음부터 이럴 작전이셨습니까?"

"그럼 내가 널 왜 데려왔겠냐, 이왕 하는 김에 수고 좀 해 줘라. 내가 너한테 배워 봐서 아는데 너만큼 잘 가르치는 놈도 없어. 그리고 무엇보다도 작전장교님이 하는 대로 하면 우린 대회 가기도 전에 지쳐 쓰러질걸? 그러니까 네가 알아서 잘 조절

해 줘."

대한의 말에 양준규가 피식 웃었다.

"알겠습니다. 그럼 중간 역할 한번 잘해 보겠습니다."

"아, 그리고 선발 명단 뽑을 때는 무조건 실력 위주로 뽑는 거 알지?"

"……과장님도 포함입니까?"

"당연히 나도 포함이지."

"하하, 알겠습니다."

"근데…… 나 선발에 못 들 정도야?"

양준규가 대한을 빤히 바라보며 말했다.

"가능하실 것 같습니까?"

"……수비수는 가능하지 않나."

"하하, 예. 충분히 가능하십니다. 킥도 좋아지셨고 태클은 말할 필요도 없습니다."

"이제 상병 갓 단 놈이 장교를 놀려 먹어?"

"큭큭, 죄송합니다."

"장난이야. 놀려 먹어도 괜찮아. 아참. 이제 코치 됐으니까 네가 조사 좀 하면 되겠다."

"어떤 조사 말씀이십니까?"

"대표 인원들 유니폼 사이즈랑 희망 번호, 그리고 축구화 사이즈 조사 좀 해 와. 팀인데 유니폼은 맞춰야 하지 않겠냐?"

"유니폼은 알겠는데 축구화도 말씀이십니까?"

"축구화도 저렴한 거 있으면 같이 맞춰 주려고."

양준규가 고개를 내저으며 답했다.

"저렴한 거 구매할 것 같으면 그냥 쓰던 것 쓰라고 하는 것이 더 나을 겁니다."

"그래? 그래도 조사는 해 봐. 어차피 오래 안 걸리잖아."

"예, 알겠습니다."

아예 안 했으면 모를까 이미 땀 흘려 준비하기로 한 이상 반드시 성과를 낼 생각이었다.

'축구 실력이 모자라면 장비빨이라도 세워야지.'

유니폼, 축구화는 물론 유니폼 안에 입는 기능성 티까지 맞춰 줄 생각이었다.

뭐, 어때?

이럴 때 쓰라고 번 돈인데.

그러다 문득 궁금한 게 떠올라 양준규에게 물었다.

"아, 궁금한 게 있는데 혹시 작전장교님은 축구 잘하시나?"

"음, 실력은 있으십니다."

"아니, 그게 아니라 우리 팀 주전 가능하냐고."

양준규는 잠시 고민하더니 이내 고개를 내저으며 답했다.

"제가 주전이 되는 한 뛸 자리는 없을 겁니다."

"그거 꼭 반영해라. 계급에서 밀리지 마. 넌 코치니까."

대한이 현정국에게 태클을 걸어 선수 생명을 위협한 것과 양준규를 코치로 앉힌 이유가 현정국이 계급으로 뛰지 않게 하기 위함이었다.

'열정만 보면 팀에 필요하지만 승리를 위해서는 빠져야 한다.'

양준규는 대한이 무슨 말을 하는지 제대로 이해한 듯 비장하게 답했다.

"걱정하지 마십쇼. 칼같이 처리하겠습니다."

"그래, 너만 믿는다."

두 사람의 눈에 비장함이 감돈다.

✳

축구 훈련은 하루도 빠짐없이 진행되었다.

심지어 비가 오더라도 훈련은 계속되었다.

'차라리 현정국 혼자 감독일 때가 나았어. 양준규 저놈 새끼 저거 완전히 악마잖아?'

이 모든 건 양준규의 결정이었다.

현정국이 바빠서 못 나오더라도 양준규는 나올 수 있었으니까.

게다가 훈련은 하루도 빠지지 않는 것이 중요하다며 축구 대표 인원들을 오전 일과가 시작하기 무섭게 불러 모았다.

그리고 운동장에서는 계급이 없다는 현정국의 말을 따라 대한과 이영훈을 미친 듯이 굴렸다.

"수비수가 제대로 받쳐 줘야 팀이 승리할 수 있습니다! 더 빨리 뛰십쇼!"

"악!"

그리고 찾아온 쉬는 시간.

대한과 이영훈은 헛구역질을 하며 말했다.

"하, 저희 체력이 안 좋은 편이 아닌데 이 정도로 힘든 게 정상입니까?"

"무, 물 좀 줘라."

"여기 있습니다."

이영훈은 애초에 불만을 가지는 걸 포기했다.

불만을 조금이라도 가졌다가는 내일 훈련이 더 힘들어진다는 걸 경험해 봤기 때문이다.

대한도 양준규의 눈치를 살폈고 양준규가 두 사람에게 다가와 물었다.

"괜찮으십니까?"

"어유, 코치님께서 걱정까지 해 주시는데 당연히 괜찮습니다."

"하하, 이게 꼭 필요한 과정이니 이해해 주십쇼."

"그나저나 공격수 훈련은 안 합니까?"

"왜 합니까?"

"……응?"

"제가 공격수인데 훈련할 게 뭐가 있습니까. 그리고 아직 팀 수준이 낮아서 제가 못 보여 드린 게 많습니다. 팀 수준만 올라오면 바로 본 실력 보여 드리겠습니다."

그 말에 대한은 어쩌면 축구는 팀 스포츠가 아니라 개인 스포츠일 수도 있겠다는 생각이 들었다.

게다가 아직도 보여 줄 게 남아 있다니?

'이미 충분히 골 머신인데 보여 줄 게 남아 있다면…….'

그렇다면 조용히 훈련해야지.

대한이 숨을 고르다 물었다.

"저희 연습 경기는 안 필요합니까?"

"음, 그게 하면 좋은데 저희 부대에서 뽑아 봤자 의미가 없지 않습니까. 감독님께서 상대가 될 만한 군 부대 협조해 본다고 하셨습니다."

"……너 작전장교님이랑 대화 좀 하나 보다?"

"하하, 과장님이 생각하시는 그런 거 아닙니다. 그냥 감독과 코치 사이에 할 법한 대화일 뿐이었습니다."

"흠, 믿는다."

대한이 잠시 고민하다 말했다.

"팀 내가 알아봐 줄까?"

"아시는 팀 있으십니까?"

"아는 팀이 있는 건 아니고 주위에 대학교 많잖아."

"대학 팀이랑 붙자는 말씀이십니까?"

"이왕 붙는 거 강한 팀이랑 붙는 게 좋지 않나?"

"어, 그건 그런데 대학 팀 수준은 너무 높지 않을까 싶습니다."

"너보다 잘해?"

"……저보다 잘하는 애들 몇 명 없었습니다. 그 애들 다 프로 갔으니까 제가 다 이길 수 있습니다."

대한의 말이 양준규의 자존심을 건드린 것 같았다.

"열 내지 마. 그냥 물어본 거니까. 그럼 대학 팀이랑 붙어 봐도 되겠네. 내가 섭외 한번 해 볼게."

"좋은 기회가 될 것 같습니다."

이내 훈련이 다시 시작되었고 대한과 이영훈의 체육복이 땀으로 다 젖은 뒤에야 훈련이 끝났다.

이영훈은 눈물인지 땀인지 모를 것들을 뚝뚝 흘리며 말했다.

"대한아, 군 생활이 너무 힘들다."

"전역하십니까?"

"……여기가 전쟁터면 바깥은 지옥이랬어."

"후후, 그래도 이렇게까지 하는데 대회에서 좋은 성적을 거두지 않겠습니까."

"아직 대회 일정 나온 것도 없다며? 나 곧 부대 이동해야 한다니까?"

"제가 한번 물어보겠습니다."

"누구한테? 국방부 장군들한테?"

"……아무리 친분이 있어도 그 높은 분들한테 전화는 저도 좀 그렇습니다. 대신 실무자를 알고 있습니다. 중대장님도 아는 사람이고."

"나도 안다고? 누군데?"

"안유빈 중위가 열심히 준비 중일 겁니다."

"안유빈?"

이영훈이 예상치 못한 이름에 놀라자 대한이 그때의 상황을 설명했다.

설명을 들은 이영훈이 고개를 끄덕이며 말했다.

"그래, 그럼 나 씻고 올 테니까. 유빈이한테 물어봐."

"예, 알겠습니다. 연락드리겠습니다."

대한과 이영훈은 각자 숙소로 이동했고 대한은 샤워를 하기 전 안유빈에게 전화를 걸었다.

"충성! 선배님 바쁘십니까?"

─어, 대한아. 요즘 정신없어 죽겠다. 지금도 사령부에 출장 가는 중이야.

"진행이 좀 되고 있나 봅니다?"

─말도 마. 우리 부장님이 이렇게 열심히 하시는 건 처음 본다. 도대체 국방부에서 무슨 일이 있었던 거냐?

"어…… 힘의 실체를 봤달까? 뭐, 열심히 일하면 좋은 거 아니겠습니까."

─힘의 실체? 무슨 소린진 모르겠지만 안 그래도 정신없었는데 이젠 진짜 쓰러지겠다.

"그러게 군대에 계속 남아 계시지 그러셨습니까."

―하하, 그러니까. 내가 생각이 짧았다.

일만 잘하면 군대만 한 곳이 없긴 하지.

그런 의미에서 안유빈도 일은 잘했다.

"재입대는 언제나 열려 있습니다."

―크흠, 아니야. 힘드니까 청춘 아니겠냐.

"아프니까 아닙니까?"

―그게 그거지. 그나저나 왜 전화했어?

"아, 계획 나온 거 있으면 좀 알고 싶어서 연락드렸습니다."

―아, 내가 연락 안 해 줬었나?

"……정신이 없긴 없으신가 봅니다. 그런 것도 기억 못 하시고."

―하하, 미안. 일정은 이미 확정됐고 조만간 공문 내려갈 거다. 각 사령부별로 한 팀씩 뽑은 뒤에 사령부별 2등 팀들끼리 리그전을 치러서 또 한 팀을 뽑기로 했어. 그래서 총 4개 팀을 뽑고 토너먼트로 진행할 거야. 리그전은 너무 오래 걸리잖아. 그리고 전 부대 강제 참여도 아니야. 희망 부대만 참여하는 것으로 바꿨어.

축구 대회 하나 하자고 작전을 취소할 순 없으니까.

좋은 판단이었다.

'그나저나 오래 걸려도 상관없는 거 아닌가?'

취재 또한 준비가 빡센 것이지 막상 대회가 시작되면 편할 것이다.

그냥 경기를 돌아다니며 인터뷰나 따면 되었으니까.

그러려면 길게 하는 리그전이 좋을 것이다.

대한이 넉살 좋게 웃으며 물었다.

"근데 선배님한테는 리그전이 더 좋은 거 아닙니까? 그래야 더 오래할 수 있으니 말입니다."

─몇 달 편하려면 리그전으로 가는 게 좋긴 하지. 근데 정책 기획관? 그분이 판을 키우시는 바람에 어쩔 수가 없게 됐다.

"그게 무슨 말씀이십니까? 여기서 판을 더 어떻게 키운단 말입니까?"

─정말 들은 게 없구나? 그분이 추석 연휴에 축구 대회를 방송으로 내보내 보자고 하셔서 일정이 이렇게 조정된 건데?

"……예? 방송 말씀이십니까?"

─어, 방송. 티비에 나오는.

방송이라니?

그 말에 대한은 순간 자기도 모르게 입이 벌어지고 말았다.

─우리 회사가 채널도 하나 갖고 있잖아. 아마 거기서 특집처럼 방송할 것 같아.

"와……."

그래.

조선 신문이면 채널도 하나 갖고 있었지.

그 생각을 왜 못 했을까?

난 기껏해야 국방TV 정도만 생각하고 있었는데.

만약 정말로 이게 방송으로 나간다면 더 이상 홍보 걱정은 안 해도 될 것 같았다.

근데 다 좋은데 문제가 하나 있었다.

'……근데 추석 때 내보낼 거면 이제 겨우 한 달 남았잖아?'

대한은 미간을 좁혔다.

촉박하기 그지없는 일정.

이 정도면 사실상 축구 훈련은 하지 말라는 소리나 마찬가지였다.

그런데 대한에게는 오히려 잘된 일처럼 느껴졌다.

'이렇게 된 거 오히려 잘된 걸지도 모른다.'

그래. 축구가 어디 훈련한다고 티 나게 느는 운동도 아닌데 단기간에 실력 차이를 보일 것 같았으면 전부 다 선수 수준의 실력을 가지고 있었겠지.

그때, 대한은 문득 추지훈이 왜 이렇게 일정을 타이트하게 잡았는지 알 수 있었다.

'포인트는 뛰어난 축구 실력이 아니라 부모님들한테 아들들 그 자체를 보여 주는 거였다.'

대한이 고개를 끄덕이며 물었다.

"혹시 팀에 간부 인원 제한은 없습니까?"

─오, 뭐야. 어떻게 알았어? 팀 자체에는 제한이 없고 경기에 뛸 수 있는 간부만 3명으로 제한이야.

역시.

괜히 정책기획관까지 그냥 올라간 게 아니다.

이후 안유빈에게 고생하라 이야기 하고는 샤워를 시작했고 곧장 인사과로 복귀했다. 그리고 인사과에 있는 달력 앞에 서서 일정을 확인하기 시작했다.

'대대 휴가는 뒤로 미뤄야겠네.'

본격적인 더위가 찾아 온 시기.

대대에선 매년 병사들과 함께 휴가를 다녀왔다.

휴가라고 해 봤자 당일치기로 가까운 바닷가에 놀러가 물놀이 하고 와서 밥 먹는 것이 다였지만 그래도 대대에선 나름 중요하게 생각하는 행사 중에 하나였다.

'전생에선 이걸 내가 준비하는 건 줄도 모르고 있다가 욕 엄청 먹었었는데.'

그래서 이번엔 미리 준비할 생각이었다.

하지만 축구 대회로 인해 어쩔 수 없이 미뤄야 할 것 같았고 이는 대한이 독단적으로 미룰 수 있는 건이 아니었다.

대한이 곧장 대대장실로 향했다.

"충성!"

"어, 훈련 잘했냐?"

"예, 잘하고 왔습니다. 대대장님, 대회 관련해서 보고드릴 게 있습니다."

"뭔데?"

"대회가 추석 때 진행될 것 같습니다."

"……뭐?"

박희재는 서둘러 달력을 확인하고는 고개를 갸웃거렸다.

"한 달 남았는데?"

"기간 말고도 또 놀라운 것이 있습니다. 대회를 방송에 내보
낸다고 합니다."

"……방송?"

"예, 조선 신문에서 채널 하나 가지고 있지 않습니까. 거기
송출될 예정이라고 합니다. 이미 논의도 다 끝나서 곧 공문 내
려올 거랍니다."

그 말에 박희재가 순간 말이 없어졌다.

"하…… 추석에 방송이라…… 그럼 이거 대충 준비할 수도
없잖아?"

"예, 아무래도 그냥 간단하게 생각하고 준비할 건 아닌 것 같
습니다."

준비를 많이 하지 말라고 일정을 이렇게 잡은 거겠지만 하급
부대 입장에선 준비를 안 할 수가 없었다.

공병단이 결승에 진출한다면 또 모를까, 예선 탈락이라도 하
게 되면 다른 곳과 비교되지 않을 만큼의 볼거리를 제공해야
했다.

'이러나저러나 외통수구만.'

안 봐도 뻔했다.

상급부대에선 무조건 추석 때 뭘 했냐고 물어볼 게 뻔했으니까.

박희재도 대한과 똑같이 생각하고 있는지 미간을 잔뜩 찌푸리며 말했다.

"대한이 네가 보기에 우리 부대가 상급부대에서 원하는 모습을 보여 줄 수 있을 것 같냐?"

"축구 이야기라면 확률은 좀 낮을 것으로 생각됩니다. 하지만 이제부터라도 준비하면 어떻게든 되지 않겠습니까."

"그래, 그럼 뭐든 지원해 줄 테니까 말만 해라. 아, 아니다. 이럴 게 아니라 단장한테 가서 이야기하자. 어차피 단장도 들어야 하는 거 아니냐."

"예, 알겠습니다."

대한과 박희재는 대대장실에서 나와 단으로 향했다.

이윽고 두 사람을 본 이원영이 미간을 찌푸렸다.

"또 무슨 일인데 둘이 같이 와?"

"보자마자 인상을 쓰는 건 너무한 거 아니냐?"

"둘이서 내 방에 들어올 때마다 무슨 일이 생기니까 그렇지."

"이번에는 별일 아니니까 걱정하지 마."

박희재가 실실 웃으며 의자에 앉았고 이원영이 대한에게 물었다.

"이번엔 뭐야?"

"축구 대회 관련해서 보고드리려고 왔습니다."

"아, 그래?"

별일 아니란 걸 확인한 이원영의 얼굴이 밝아졌다.

대한은 박희재에게 말했던 내용을 이원영에게 똑같이 말해 주었고 이원영이 놀라며 말했다.

"뭐? 추석 때 방송까지 한다고?"

"일단 준비할 수 있는 한 최선을 다하려고 합니다."

"하, 국방부에서 네가 대회를 제안할 때 말렸어야 했는데…… 어설픈 모습을 보여 주면 욕이란 욕은 다 먹겠구나."

이원영이 한숨을 크게 내쉬며 대한에게 물었다.

"최선에 최선을 다할 수 있게끔 지원을 해 줘야겠구만. 필요한 거 있음 이야기 해."

"감독, 코치와 이야기를 해 봐야 할 것 같지만 일단 외출을 해야 할 것 같습니다."

"외출?"

"예, 다른 축구 팀들을 좀 섭외해서 미리 시합이라도 몇 번 뛰어 볼 생각입니다."

"협조할 팀은 있고?"

"생각해 둔 곳은 있습니다."

"어차피 경기만 하고 들어오는 거면 뭐가 문제겠어. 좋아. 허락한다. 내가 지시했다고 하고 준비 잘해 봐. 참, 그렇다고 너무 잘하는 건 좀 곤란하다. 너희들도 추석은 집에서 보내야지."

"하하, 예. 알겠습니다."

이원영이 원하는 건 딱 중간 정도였다.

그도 그럴 것이 만약 공병단이 4강까지 진출한다면 추석에 집도 못 간 채 축구나 하러 다녀야 했으니까.

어느 정도 욕은 감수하더라도 간부들을 쉬게 하고 싶은 것 같았다.

하지만 중간만 한다는 게 말만 쉽지 실제로 하기엔 굉장히 어려운 일.

'최선을 다해도 중간이 될지 안 될지 모르잖아.'

어찌 됐든 대회전까지 고생해야 하는 건 변함없는 사실이었다.

대한은 이원영의 허락을 받은 뒤 단장실에서 먼저 벗어났다. 그리고 곧장 단 정작과로 향했다.

"충성!"

"어, 여기까진 어쩐 일이야?"

현정국은 한없이 밝은 표정으로 대한을 맞이해 주었다.

진급하기 전까진 온갖 시비를 만들어 걸던 양반인데 진급을 하니 사람이 완전히 바뀌었다.

대한이 미소를 지으며 말했다.

"감독님께 축구 대회 관련 전달사항이 있습니다."

"응? 그래? 일단 나가자."

현정국은 대한을 흡연장으로 이끌었고 대한은 이전 두 사람에게 말한 그대로 전달해 주었다.

그러자 현정국이 미간을 좁히며 고개를 끄덕였다.

"방송까지 나온다니…… 이거 목숨 걸고 준비해야겠구만. 그나저나 아는 축구 팀은 있고?"

"아는 건 아닌데 주변에 많지 않습니까."

"주변에?"

"예, 대학교 축구 팀을 섭외할 예정입니다."

현정국이 대한의 말에 피식 웃으며 말했다.

"야야, 대학교 선수들이 우리랑 붙으려고 하겠냐? 네 지인이 있는 것도 아니잖아?"

"일단 한번 섭외해 보겠습니다."

"하하, 그래. 뭐 시도는 네가 하는 거니까. 그럼 난 조기 축구 팀이나 알아봐야겠다."

흠, 그렇게 반응한다 이거지?

내가 무조건 성사시켜 온다.

대한이 웃으며 말했다.

"아, 그리고 제가 말씀 안 드린 게 있는데 간부는 3명만 참여 가능하다고 합니다."

"……뭐? 그런 게 어디 있어?"

"대회 규칙입니다."

"흠, 그럼 후보에는 몇 명이 있어도 상관없는 거지?"

"예, 경기 뛰는 간부만 3명으로 제한입니다."

"그럼 일단 나 하나랑 2명을 잘 뽑아야겠네."

현정국은 당연하게 본인을 포함시켰고 대한이 진지하게 말했다.

"실력순으로 선발해야 하지 않겠습니까."

"실력순이니까 내가 들어가는 거지."

"작전장교님 준규랑 겹치지 않습니까?"

"준규는 다른 곳도 잘하잖아."

뻔뻔하네.

대한이 씨익 웃으며 말했다.

"일단 알겠습니다."

"……뭐야, 날 제외시키려고? 감독인데?"

"감독이 뛰는 건 아니지 않습니까."

현정국이 축구를 못하는 건 아니었지만 팀워크를 해치는 요소였다.

게다가 우리 팀이 현정국 하나가 절실한 상황도 아니었고.

'축구 스타일이나 포지션이 바뀌면 몰라도 지금으로서는 필요 없지.'

현정국을 제외한 모든 선수들의 공통된 생각이었다.

현정국이 대한의 말에 실실 웃으며 말했다.

"감독 실력이 제일 좋은 걸 어떻게 하냐. 네 말대로 선발은 철저하게 실력순으로 할 테니까 걱정 마라."

"하하, 예. 알겠습니다."

대한은 현정국에게 가볍게 웃어 준 후 곧장 대대로 향했다.

그리곤 대학교 축구부를 검색해 보았다.

'여기라면 충분히 섭외할 수 있을 것 같은데…….'

아무 곳이나 막 가서 섭외한다는 건 말이 안 되었다.

한다면 제일 가능성이 높은 곳을 찾아 노력해야지.

검색을 마친 대한이 박희재에게 전화를 걸었다.

"충성."

─어, 무슨 일 있냐?

"무슨 일 있는 건 아니고 잠시 외출 좀 다녀오려고 연락드렸습니다."

─어디 가는데?

"축구 팀 좀 섭외해 오겠습니다."

─1호차 필요하냐?

"괜찮습니다."

─그래, 조심해서 다녀오고 제대로 된 팀 섭외해 와.

"예, 다녀오겠습니다."

대한은 차를 끌고 근처에 축구부가 있는 대학교로 향했다.

따로 미리 연락하진 않았다.

어차피 전화로는 할 수 없는 이야기가 오갈 테니까.

잠시 후, 대학교에 도착한 대한은 운동장으로 향했다.

축구부가 있는 학교답게 잔디가 깔려 있었고 운동장 한구석에서 휴식을 취하고 있는 선수들을 발견했다.

대한이 선수들을 향해 다가가자 선수들이 웅성거렸다.

"군인이네."

"예비군인가?"

"견장 보니까 병사가 아닌데?"

대한이 선수들에게 다가가 물었다.

"혹시 감독님 어디 계십니까?"

"감독님 잠시 화장실 가셨을 걸요? 그나저나 감독님은 왜요?"

"아, 뭐 좀 여쭤보려고 왔습니다."

"우리 감독님이랑 이야기하기 힘드실 텐데…….."

"예? 뭐 때문에…….."

"성질이 아주 기가 막히시거든요."

그의 말에 선수들이 웃음을 터트렸다.

물론 대한은 웃지 못했지만.

'성격 더러운 양반인가 보네.'

반응을 봤을 때 절대 칭찬일 리가 없었다.

그래서 먼저 전화 안 하길 참 잘했다는 생각이 들었다.

성질 더러우면 애초에 유선상으로 컷 당했을 테니까.

대한은 이곳을 꼭 섭외하고 싶었다.

다른 대학 팀들도 많았지만 여기가 부대와 제일 가까운 대학이었고 실력도 출중했으니까.

섭외가 성공하길 바라며 감독을 기다렸고 잠시 후, 화장실을 다녀온 감독이 대한을 보고 미간을 찌푸리며 말했다.

"뭐야, 휴가 나왔으면 밖에서 곱게 기다리지 선수들 훈련하는 곳까지 들어와?"

"……예?"

"대회 준비 때문에 머리 아픈데 일반 학생까지 귀찮게 하네. 야! 누구 친구야?"

감독은 대한을 선수 중 하나의 친구라 생각하는 듯했다.

그때, 선수 중 하나가 대신 대답했다.

"그분 저희 지인 아닙니다! 감독님 보러 왔다는데요?"

"뭐? 날 보러 왔다고?"

그의 시선이 대한에게로 옮겨지자 대한이 웃으며 말했다.

"안녕하세요? 근처에 있는 공병단에서 왔습니다."

"아, 간부였구나."

"하하, 예. 먼저 소개를 드렸어야 했는데 죄송합니다."

감독은 대한을 위아래로 훑어보고는 물었다.

"그래서, 뭐 때문에 오셨는데요?"

"아, 군에서 축구 대회를 하는데 혹시 시간 괜찮으시면 연습 상대를 좀 부탁드리려고 왔습니다."

"……뭐? 연습 상대?"

그 말에 감독의 얼굴이 붉어지기 시작했다.

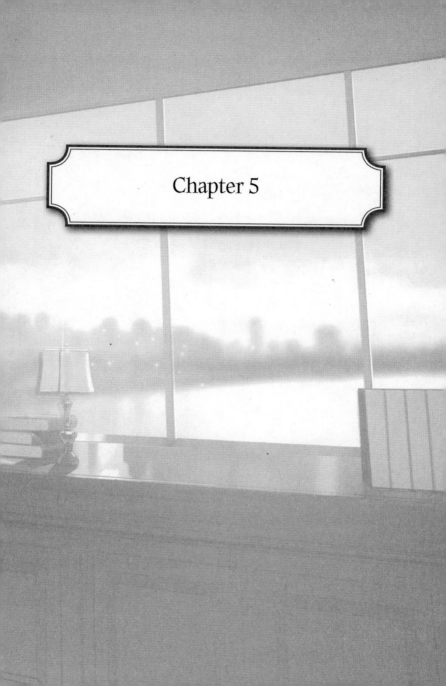

Chapter 5

그때, 선수들이 웃음을 터트렸다.

"연습 상대라⋯⋯."

"우리가 저번 대회를 못 하긴 했나 봐."

"그러니까. 군대스리가에서 경기하자고 할 줄은 몰랐네."

"감독님 많이 빡치시겠는데?"

조용히 들리는 선수들의 대화 소리.

그러나 대한은 못 들은 척 감독에게만 집중했다.

그런데 선수들의 말마따나 감독의 표정은 그리 좋지 못했다.

감독이 말했다.

"⋯⋯어이."

"예, 말씀하십쇼."

"우리가 대학 동아리인 줄 알아? 하…… 간부가 찾아왔다길래 진지하게 들어 줬더니만 뭔 개소리를…… 썩 안 꺼져?"

금방이라도 터질 듯한 감독의 표정에 선수들이 얼른 고개를 돌렸다. 그러나 대한은 미소를 잃지 않고 다시 한번 더 정중하게 말했다.

"저쪽 가서 잠시만 이야기하시죠."

"그냥 가라, 이야기 하고 싶지 않으니까."

"딱 3분만 내주시죠."

감독이 대한의 얼굴을 빤히 보고는 한숨을 내쉬며 말했다.

"하…… 이야기 안 하면 안 가겠구만. 오케이. 딱 3분. 약속 지켜."

"예, 알겠습니다."

대한은 감독과 함께 선수들을 피해 운동장 한쪽에 있는 그늘로 이동했다.

감독은 도착과 동시에 휴대폰을 들고 시간을 확인했다.

대한이 감독에게 말했다.

"감독님, 지금 좀 위태로우시죠?"

"……뭐?"

감독은 대한이 꺼낸 첫마디를 듣자마자 휴대폰을 내려놓았다.

그리고 대한에게 분노에 찬 눈빛을 보내며 말했다.

"……네가 뭘 안다고 그딴 소리를 지껄이는 거야?"

"요즘 성적을 보고 말씀드린 겁니다."

대한이 부대에서 가장 먼저 검색한 건 대학 축구 팀의 성적이었다.

지금 감독이 맡고 있는 대학은 대학 리그에서도 하위권에 있었고 계절마다 있는 큰 대회에선 입상조차 못 했다.

그럼에도 감독은 경질되지 않았다.

이유?

딱 하나뿐이었다.

'예전에는 전국에서 제일 잘하는 대학 팀이었으니까.'

무려 영광의 시대를 이끌던 감독이었다.

대학교에서도 감독이 다시 축구 팀의 성적을 올릴 거라는 기대 하나만으로 기다리는 중이었고.

'하지만 현재는 5년이나 하위권 성적을 유지…… 이런데도 안 잘리는 게 더 이상하지.'

누가 봐도 감독 자리가 위태로워 보이는 상황.

대한의 말에 감독은 이를 으득 물더니 이내 몸을 돌렸다.

"꺼져라, 주먹 안 나간 걸 다행으로 여겨."

"아직 3분 안 지났습니다. 감독님."

"야, 죽고 싶어?"

"그러지 말고 저랑 거래하시죠."

"뭐?"

"상부상조하자는 겁니다. 전 감독님의 도움이 필요합니다.

그러니 저도 감독님께 도움이 되어 드리겠습니다. 제 제안을 들어 보고 안 내키시면 그때 가서 거절하시면 되지 않습니까?"

그 말에 감독은 이건 또 무슨 개소리냐는 표정으로 미간을 찌푸렸다.

그러나 대한은 진지했고 대한에게서 진심을 느낀 감독이 물었다.

"무슨 거래를 하자는 건데?"

"지금 축구부에 지원이 끊긴 지 좀 되지 않았습니까?"

그 말에 감독은 잠시 말을 아꼈다.

사실이었기 때문이다.

침묵은 긍정이라고 대한이 말을 이었다.

"감독님이 축구에 진심이신 거 압니다. 근데 저도 저희 부대한테 진심입니다. 군에서 곧 전군을 대상으로 축구 대회가 열리는데 저희 부대가 우승은 못 해도 어느 정도 성적은 내야 합니다. 그러기 위해선 좋은 연습 상대가 필요한데…… 아, 여기서 말하는 좋은 연습 상대는 공부가 될 만한 강팀을 말하는 겁니다. 암튼 제가 보기엔 이 근방에선 여기만한 곳이 없는 것 같아서 이런 제안을 드리는 겁니다."

대한의 말에 감독은 대한을 잠시 쳐다보았다.

그리고 얼마간 생각 끝에 물었다.

"지원 필요하긴 하지. 근데 우린 유니폼이나 장비 몇 개, 음료수나 식사 같은 게 필요한 게 아냐."

지원으로 딜을 할 거면 꽤 많은 돈이 필요하다는 걸 돌려 말하는 것이었다.

안다. 이 정도는 충분히 예상한 바고.

대한이 웃으며 말했다.

"축구장에 잔디 다시 까는 거만 아니면 뭐든 괜찮습니다."

"뭐?"

"전지훈련을 가도 상관없다는 겁니다. 필요하면 해외로도 보내드리겠습니다. 어떻습니까?"

그 말에 감독의 입이 벌어졌다.

이놈이 지금 무슨 말을 하고 있는 거지?

전지훈련에 대체 얼마가 드는 줄 알고?

그가 되물었다.

"진심이야?"

"저 바쁜 사람입니다."

대한이 웃으며 말하자 감독의 눈빛이 심하게 떨리기 시작했다. 그러더니 재차 확인하듯 물었다.

"너 돈 많나?"

"예, 많습니다. 애초에 돈이 없으면 이런 제안도 안 했겠죠."

너무 당당해서 오히려 황당했다.

감독은 다시 입을 다물더니 팔짱을 꼈다.

이게 진짜인가 싶어서였다.

"정말 부대 때문에 이렇게까지 한다고?"

"약간의 팬심도 조금 들어 있다고 생각하시죠."

"팬심?"

"우종혁 감독님 아닙니까. 저도 축구 꽤나 좋아합니다. 막말로 보자마자 반말에 윽박지르는 사람한테 제가 뭐가 좋다고 돈까지 써 가며 이런 제안을 하겠습니까?"

"아니 그건…… 흠흠."

대한의 말에 우종혁이 민망함에 헛기침을 했다.

설마 자신을 알 줄은 몰랐기 때문이다.

그의 붉어진 얼굴에 대한은 속으로 미소를 지었다.

'우종혁 감독…… 지금이야 바닥을 치고 있긴 해도 조금만 시간이 지나면 다시 리그 최정상 자리로 올라간다.'

그것도 대학의 지원 없이 말이다.

그런 저력을 가진 사람이기에 여태껏 경질되지 않고 자리를 지키고 있는 것이기도 하고.

그렇기에 대한은 이번 일을 계기로 우종혁 감독과 친분도 좀 쌓을 생각이었다.

대한이 군대에 계속 남아 있는 한 축구 쪽과는 계속 엮일 수밖에 없을 것 같았기 때문이다.

'군대에서 축구 빼면 뭐가 남나.'

우종혁이 말했다.

"그…… 내가 그렇게 말한 건 내가 아니라 누구라도 그랬을 겁니다."

"예, 이해합니다. 요즘 많이 예민하시잖아요. 그래서, 제안은 마음에 드십니까?"

"거짓말만 아니라면 당연히 마음에 들죠. 근데 해외까진 바라지도 않습니다. 국내만 돌 수 있어도 도움은 충분히 됩니다."

그 말에 대한이 지갑에서 카드 한 장을 빼서 주었다.

"그럼 오히려 더 쉽겠네요. 카드에 제 이름 적혀 있는 거 보이시죠? 아, 참고로 문자 알림도 꺼 두겠습니다."

"……."

조용히 카드를 받아 드는 우종혁.

할 말이 없었다.

이런 식의 지원은 처음이었으니까.

"진짜 원하는 게 이게 답니까?"

"당장은요. 정 미안하시면 나중에 프로 팀 감독으로 가셨을 때 좋은 자리 티켓이나 좀 주시든가요."

그 말에 감독은 대한을 빤히 보더니 이내 웃음을 터뜨렸다.

"나 참, 부자들 머릿속은 알 수가 없다더니…… 알겠습니다. 근데 구단주 놀이 하고 싶은 거면 이 카드 거절하겠습니다. 제가 구단주 비위 맞춰 주는 성격은 아니라서."

"필요도 없고 기대도 안 했습니다."

"그럼 뭐…… 그럼 연습 상대는 언제부터 해 주면 됩니까?"

"오늘은 저희가 오전 훈련을 한 뒤라 힘들 것 같고 내일부터 하시죠?"

"우리가 부대로 가야 하는 겁니까?"

"아뇨, 저희가 학교로 오겠습니다. 이왕 훈련하는 거 잔디 구장 써야죠."

"그럼 우리야 좋죠."

"좋습니다. 그럼 내일 오전에 바로 오겠습니다."

두 사람은 승인의 의미로 악수를 나누었다.

그런데 악수를 나누던 중 우종혁이 웃으며 말했다.

"근데 우리랑 연습한다고 그쪽 팀에 도움이 될지 모르겠네."

"축구부 실력이 많이 안 좋습니까?"

"……아니, 그런 게 아니라 차이가 너무 나서 하는 말이죠. 붙어 봤자 공도 못 잡을 것 같은데."

"하하, 길고 짧은 건 대봐야 알죠. 근데 아시죠? 이렇게 말했는데 한 골이라도 먹히면 엄청 쪽팔리는 거."

"그럼 우리 애들 줄빠따 쳐야죠. 그보다 문자 알림은 계속 켜두시죠. 그래야 억제가 좀 될 것 같으니까."

우종혁의 말에 두 사람은 호탕하게 웃었다.

그리고 서로 헤어진 뒤, 대한은 부대에 돌아오자마자 현정국과 양준규를 불러 긴급회의를 시작했다.

✳

다음 날 아침.

공병단 축구 대표들은 부대 버스를 타고 우종혁이 기다리는 대학교로 이동했다.

　잠시 후, 운동장에 도착해 버스에서 내리자 우종혁이 대한에게 다가와 인사했다.

　"누가 군인 아니랄까 봐, 빨리도 오셨습니다."

　"얼른 경기 뛰고 복귀해야죠. 그나저나 어제 회식하신 것 같던데 선수들 컨디션은 좀 괜찮습니까?"

　"당연히 괜찮습니다. 고기 좀 먹었다고 다음 날 컨디션 난조가 오면 그게 운동선수겠습니까?"

　"……?"

　그 말에 대한이 고개를 갸웃하며 말했다.

　"술 안 드셨다구요?"

　"예."

　"그럼 고깃집에서 술도 안 먹었는데 그 금액이 나왔다구요?"

　"운동부 아닙니까."

　"이야, 운동부 회식하면 집안 기둥이 뽑힌다더니 그게 정말이었네……."

　찍힌 금액이 백만 대를 넘어가서 당연히 술도 먹은 줄 알았다.

　그런데 순수 식사량으로 그 금액을 넘기다니.

　하지만 덕분에 컨디션에 대한 믿음은 확실했다.

전날 고기를 그리 먹였는데 오늘 몸이 안 좋은 사람은 없을 테니까.

그때였다.

"저…… 혹시 신길공고 감독님 아니셨습니까?"

근처에 있던 현정국이 어색하게 다가와 우종혁에게 말을 걸었다.

그 물음에 우종혁이 눈썹을 들어 올리며 물었다.

"응? 날 알아요?"

"아이고, 어쩐지 낯이 익더라니. 오랜만에 뵙겠습니다, 감독님. 수원상고에서 9번 달고 뛰었던 현정국이라고 합니다."

"아, 수원상고! 반가워요. 그렇게 말하니까 얼굴이 익숙한 것 같네."

"제가 영천에 몇 년째 있었는데 감독님이 여기 계신 줄 알았으면 진작 찾아와 볼 걸 그랬습니다. 아, 말씀 편하게 하시죠."

우종혁과 현정국은 그 뒤로도 한참을 대화했다.

두 사람의 대화는 경기 시작 전에야 끝이 났고 돌아온 현정국이 대한에게 말했다.

"야, 우 감독님이었으면 나한테 말하지 그랬냐?"

"안 그래도 지금 후회 중입니다."

진심이었다.

이런 인맥이 있는 줄 알았으면 카드 안 줬지.

근데 뭐 어쩌랴.

물은 이미 엎질러졌는걸.

그래도 후회는 없다. 어제 일을 계기로 우종혁과는 나름의 친분을 쌓을 수 있었으니까.

현정국이 오랜만에 만난 인연에 기분이 좋은지 실실 웃으며 말했다.

"세월 앞에 장사 없다고 우 감독님 성격도 많이 죽으셨네. 나 고등학교 때는 진짜 어마어마했었는데."

"어제도 어마어마하셨습니다."

"그게 무슨 소리야?"

"그런 게 있습니다. 그보다 이제 경기 시작한답니다."

"잠깐만, 아직 지시도 안 했는데?"

"준규가 대신 다 했습니다."

우종혁의 부름에 대한과 현정국이 급하게 운동장으로 내려갔다.

휘슬을 들고 있던 우종혁은 두 사람이 도착하자 양 팀을 번갈아 보며 말했다.

"두 팀 모두 대회를 앞두고 있으니 서로 부상당하지 않도록 조심해서 경기합시다."

"예, 알겠습니다!"

"인사하고 각 진영으로 이동하겠습니다."

우종혁은 선수들을 인사시키고 진영으로 보낸 뒤 대한을 불렀다.

"우리 애들한테 전국대회 결승전이라 생각하고 뛰라 해 놨습니다. 처음부터 전력으로 밀어붙일 테니 한번 막아 보시죠."

"아니, 그러실 필요까진 없는데……."

"기대하겠습니다."

어제 도발 좀 했다고 이러기야?

대한이 시무룩한 표정으로 맡은 자리로 돌아오자 이영훈이 다가와 물었다.

"야, 표정이 왜 그러냐? 잔디 구장에서 뛰는데 신나지 않나?"

"상대가 최선을 다한답니다."

"그게 왜?"

"……그런 게 있습니다."

"응? 뭔 소리야. 야야, 시작한다. 집중해."

"예, 화이팅하십쇼."

잠시 후. 경기가 시작되었고 대학 팀의 미친 듯한 공격이 시작되었다.

대한과 이영훈은 좌우 가리지 않는 공격에 그야말로 정신없이 뛰어다닐 수밖에 없었다.

그리고 경기를 시작한 지 5분도 되지 않아 발생한 첫 실점.

그러자 현정국이 대한과 이영훈에게 소리쳤다.

"집중해! 집중 안 하니까 먹히는 거 아냐!"

"예, 알겠습니다!"

이영훈은 현정국에게 웃으며 대답한 뒤 대한에게 조용히 말했다.

"분위기 보니까 우리 오늘 개털리겠다."

"그러게나 말입니다."

서러웠지만 어쩌랴.

계급이 깡패인데.

그러나 이후에도 현정국의 고함은 계속 됐다.

"야! 집중하라니까!"

"뭐하냐!"

"아오, 쫌!!"

이윽고 세상에서 가장 긴 전반전이 끝났다.

전반전 동안 무려 10골이나 내어 준 공병단은 쓰러지듯 그늘에서 휴식을 취했고 현정국은 분노가 가득한 표정으로 병력들에게 화를 쏟아 냈다.

그때, 그 상황을 잠자코 지켜보던 우종혁이 다가와 현정국에게 말했다.

"정국아, 너 후반전에 잠시 빠져라."

갑작스러운 우종혁의 말에 현정국이 당황한 듯 물었다.

"예? 감독님, 갑자기 그게 무슨 말씀이십니까?"

우종혁은 현정국을 흘끔 보고는 대한에게 물었다.

"성적 내는 게 목표면 잠시 좀 도와줘도 되죠?"

그 말에 눈치 빠른 대한이 얼른 대답했다.

"아휴, 그럼 저희야 너무 감사하죠. 그렇지 않습니까. 작전장 교님?"

대한의 되물음.

심지어 제안을 한 건 우종혁이었기에 현정국이 거절할 명분은 없었다.

현정국이 어렵사리 대답했다.

"다, 당연하지. 근데 감독님 저는 왜 빠져야 하나요……?"

진심으로 억울한 듯 묻는 현정국.

그러자 우종혁이 표정 변화 없이 자신이 진단한 것들을 읊어 주기 시작했다.

"그쪽 팀 수비 자체는 괜찮아. 지역적으로 움직이는 것도 좋고 특히 중앙 수비수들 태클이 깔끔해."

대한이 우종혁의 말에 고개를 갸웃했다.

"근데 왜 열 골이나 먹힙니까."

"그게 전부니까요. 그거 두 개 빼고는 다 별롭니다. 전방으로 패스도 안 되고 공을 지키는 것도 안 되고…… 그러니까 괜히 기교 부린답시고 뭘 하려고 하지 말고 그냥 밖이든 전방이든 냅다 차세요. 그리고 미드필더로 뛰고 계신 저분."

정우진을 말했다.

"저분은 축구를 어디서 배우셨는진 모르겠지만 잘 배우셨어. 이쁘게 잘 차. 그러니까 미드필더는 저 친구한테 공 몰아주면 되고……."

우종혁은 마지막으로 양준규를 가리켰다.

"저 친구는 병사죠?"

"예, 병사입니다."

"병사야, 너 학교 어디 나왔어?"

우종혁의 물음에 양준규가 잠시 멈칫하더니 솔직하게 말했다.

"······한양상고 나왔습니다."

"선수였지? 움직임 좋던데?"

"예, 맞습니다."

"아직 축구 하고 있냐?"

"아닙니다. 관뒀습니다."

"그래? 몸 관리가 잘돼 있는 것 같아서 아직 선수 생활하는 줄 알았더만······ 무튼 네가 공격수 봐. 사이드에서 깔짝깔짝 뭐 하는 거야? 접대 축구 하나?"

"예, 알겠습니다."

"일단 정국이랑 한양상고랑 자리 바꾸고 정국이는 후반전 쉬면서 나랑 경기나 보자."

구구절절 옳은 말.

과연 프로는 달랐다.

물론 현정국은 불만이 많았지만 현역 감독이 그렇다는데 어찌 거절할 수 있으랴?

"예, 알겠습니다."

"물 충분히 마시고 좀 더 쉬었다가 경기 시작하자고."

대한은 우종혁을 향해 조용히 엄지를 치켜올렸다.

그러자 우종혁이 피식 웃더니 자리를 떴다.

우종혁이 떠나자 현정국이 자리에 털썩 주저앉으며 아쉬움에 중얼거렸다.

"에이, 후반전부터 제대로 뛰려고 했는데…… 다들 감독님 말씀 잘 들어. 선수들 능력 알아보는 건 우리나라 최고인 분이니까."

"그게 무슨 말씀이십니까?"

"우 감독님 있는 팀으로 가면 뛰던 포지션이 거의 다 바뀌고 그랬어. 그리고 바뀐 포지션이 훨씬 더 잘 맞아서 중학교 때 안 유명했던 애들도 좋은 대학 가거나 프로 진출했었지."

이야, 역시 우종혁.

괜히 대학리그를 제패한 감독이 아니었다.

대한이 고개를 끄덕이며 현정국에게 물었다.

"그럼 작전장교님한테는 옛날에 뭐 말씀해 주신 거 없었습니까? 아까 보니 친하셨던 것 같은데."

"나한테도 말해 줬었지. 미드필더로 내려가라고. 그럼 뭐 해 그때 우리 팀 감독님이 날 계속 공격수만 시켰는데. 감독님이 까라면 까야지."

"그럼 지금이라도 미드필더로 내려가시면 되는 거 아닙니까?"

"에이, 축구는 공격수지."

결국 안 내려갈 거면서 남 핑계는⋯⋯.

아마 현정국은 우종혁 밑에 있었어도 미드필더로 안 갔을 게 뻔했다.

그래도 현정국의 말은 어느 정도 사실인 듯했다.

'그래도 준규를 단번에 알아보긴 하는구나.'

공격만 당했던지라 양준규가 공을 잡은 건 몇 번 되지도 않았다.

그런데 그 짧은 시간에 양준규에 대해 캐치하다니.

대한은 신발 끈을 다시 묶고 있는 양준규에게 다가가 말했다.

"어이, 한양상고."

"예. 과장님."

"잘해 봐. 어쩌면 감독님이 너 스카우트하실 수도 있잖아."

"에이, 지금 대학 가서 뭐 합니까."

"얼레? 넌 왜 네 가능성을 스스로 깎아 먹냐? 인생에 늦은 때가 어딨어. 지성이 못 봤냐. 군대 와서 수능 보고 간호학과 간 거. 그리고 혹시 모르잖냐, 선수 말고 지도자가 될 수도 있지."

"코치라면 더 잘하는 코치들도 많을 텐데 절 부르시겠습니까."

"또 모르지. 무튼 한 골은 넣어 줘라. 0점으로 부대 복귀할 생각하니까 벌써부터 끔찍하다."

부대에선 이원영과 박희재가 경기 결과를 기다리고 있었다.

축구에 관심 많은 사람들이었기에 이대로 돌아간다면 어떤 일이 일어날지 몰랐다.

양준규도 두 지휘관의 스타일을 알고 있었기에 비장한 표정으로 답했다.

"제 군 생활이 달려 있다 생각하겠습니다."

"믿는다."

이내 하프타임이 끝나고 후반전이 시작되었다.

확실히 우종혁의 말대로 축구를 하니 훨씬 더 편했다.

대한은 공을 잡자마자 양준규를 향해 걸어찼고 정확하게 가진 않았지만 양준규가 어떻게든 공을 잡아 유효 슈팅을 때려 주었다.

덕분에 대한과 이영훈은 전반전에 없었던 휴식을 취할 수 있었다.

"와, 축구가 이렇게 쉬운 거였나."

"이 정도면 2경기도 할 수 있을 것 같습니다."

"그러니까. 그나저나 2중대장님 축구 잘하네."

양준규야 본 실력을 보여 준다지만 정우진은 아예 처음 보여 주는 실력을 보이고 있었다.

대학 선수들의 압박을 가볍게 벗겨 내는 건 물론 양준규에게 기가 막힌 패스를 찔러 주고 있었다.

대한이 이영훈에게 말했다.

"육사는 역시 다릅니다."

"우리도 학군의 투혼을 보여 주자."

"맞습니다. 축구는 투혼으로 하는 거 아니겠습니까."

대한과 이영훈은 전반전보다 많은 활동량을 보여 주었고 태클 또한 거침없이 들어갔다.

두 사람의 투혼 덕분인지 후반전이 끝나가는 시점에 5골밖에 먹히지 않았다.

잠시 후, 우종혁이 마지막 공격을 알렸고 공을 잡고 있던 대한이 전방으로 힘차게 차 주었다.

양준규는 재빨리 뛰어가 공을 터치했고 골키퍼가 살짝 나와 있는 걸 보고는 그대로 로빙슛을 때렸다.

양준규가 찬 로빙슛은 그대로 골 망을 흔들었다.

삑! 삑! 삐익!

우종혁이 바로 휘슬을 불어 경기 종료를 알렸고 첫 연습 경기에서 무실점은 실패했지만 대학 팀을 상대로 득점을 성공하는 기염을 토할 수 있었다.

이 정도면 심히 만족스러운 결과였다.

대한이 쓰러지듯 누워 휴식을 취하자 우종혁이 얼음물을 가져와 대한에게 주며 말했다.

"어땠습니까, 후반전은 좀 편했죠?"

"아, 예. 감독의 역할이 이렇게 중요한 줄 몰랐습니다."

"다들 잘하는 게 하나씩 있으니 가능했던 거 아니겠습니까. 그나저나 다친 덴 없죠?"

"예, 없습니다."

"신기하네. 그렇게 태클을 했는데도 멀쩡하다니."

"하하, 흙바닥에서도 안 다치고 태클하는데 설마 잔디 구장에서 다치겠습니까."

"하긴…… 아무튼 고생했고 내일도 올 거죠?"

"예, 와야죠."

"기간이 한 달밖에 안 남았다고 했나? 바짝 한번 조여 봅시다. 그리고 대회 끝나고도 가끔 와서 연습해요. 우리 팀한테도 도움이 좀 되는 것 같으니까."

그 말에 대한이 피식 웃었다.

언제는 전혀 도움 안 될 것처럼 이야기하더니.

대한이 웃으며 말했다.

"태클 피하기 힘들답니까?"

"무슨 태클요?"

"멋진 수비수들의 태클 때문에 좀 도움이 됐던 게 아닐까 조심스럽게 추측해 봤습니다."

그 말에 이번에는 우종혁이 웃었다.

"하하, 태클 잘하는 건 맞는데 선수 애들이 그 정도 태클로 힘들어하겠습니까?"

"그럼 뭐가 도움이 된단 말씀입니까?"

"그 한양상고 친구 있잖아요. 그 친구 때문에 수비수 애들 다리에 경련 오고 난립니다."

아.

그럼 그렇지.

이것 참 민망하구만.

그나저나 역시 에이스는 달랐다.

대한은 양준규의 칭찬에 뿌듯한 표정으로 답했다.

"알겠습니다. 감독님 성적을 위해서라도 도와드리러 와야죠."

우종혁은 병력들 하나하나 돌아다니며 몸 상태가 괜찮은지 물어보고 칭찬도 아끼지 않았다.

그 모습을 보고 있자니 조금 의외라는 생각이 들었다.

'성격 안 좋다더니, 꼭 그런 것 같지도 않은 것 같은데?'

대한은 우종혁이 점점 더 마음에 들었다.

그래서일까?

공병단으로 복귀하기 전, 대한이 우종혁에게 다가가 슬쩍 물었다.

"감독님, 혹시 추석에 뭐 하십니까?"

"추석요? 그땐 그냥 집에 있겠죠."

"그럼 혹시 저희가 4강까지 올라가면 그때만 좀 임시로 감독직을 맡아 주실 수 있으십니까? 당연히 페이도 챙겨 드리겠습니다."

그 말에 우종혁이 어이가 없다는 듯 웃으며 말했다.

"그런 건 4강 가고 나서나 부탁해요. 그리고 페이는 무슨, 됐습니다. 정말 4강까지 가면 그냥 해 줄게요."

"정말이시죠?"

"예, 근데 나 써먹으려면 우리 마누라한테 대신 말 좀 해 줘요."

아.

내무부 장관 결재 중요하지.

명절에 집안 가장 부르는 게 어디 쉬운 일인가.

그래도 우종혁이 감독으로 나서 준다면 그깟 설득이 대수일까 싶었다.

'일단 이건 4강 진출하고 생각해 보자.'

나중에 일은 나중에 생각해야지.

이내 미소를 찾은 대한은 우종혁에게 인사를 하고는 부대로 복귀했다.

✻

그로부터 며칠 뒤.

대한은 공문을 확인하고는 양준규를 호출했다.

잠시 후, 양준규가 급히 인사과의 문을 열고 들어왔다.

"충성! 인사과에 용무 있어……."

"빨리 와 봐.".

"예."

대한이 양준규에게 공문을 보여 주었다.

양준규는 공문을 천천히 확인하고는 말했다.

"3일 뒤라…… 방금 내려온 공문 아닙니까?"

"어, 맞아. 그래도 처음은 제일 가까운 부대랑 붙여 주더라."

"211특공여단이면 혹한기 훈련했던 그 부대 아닙니까?"

대한이 웃으며 고개를 끄덕였다.

"우리 부대랑 왜 혹한기 훈련을 했는지 대충은 알고 있지?"

"하하, 예. 알고 있습니다."

"지면 단장님 쓰러질 수도 있으니까 컨디션 조절 잘해서 꼭 이겨 줘라. 사실상 이번 경기는 한일전급이니까."

"가슴이 웅장해지는 것 같습니다."

"그래, 그러니까 병력들한테도 잘 전달해 주고."

"예, 전파해 놓겠습니다."

양준규가 인사과를 벗어나자 대한이 공문을 챙겨 단으로 향했다.

그리고 곧장 단장실로 들어가 이원영에게 공문을 보였다.

이원영은 211특공여단과 축구 경기를 한다는 소리에 크게 웃음을 터트렸다.

"하하! 기획관님이 일부러 붙이신 거 같은데?"

"가까운 부대끼리 붙인 거 아닙니까?"

"아니야, 우리 부대랑 제일 가까운 곳은 따로 있어."

이원영이 말하자마자 대한도 다른 부대가 있다는 것이 떠올랐다.

'맞네. 이건 그 양반이 일부러 이렇게 붙여 놓은 거네.'

추지훈 정도 되는 양반이 열심히 준비할 때부터 알아봤어야 했다.

이원영이 실실 웃으며 휴대폰을 꺼내 211특공여단장 홍택수에게 전화했다.

"아이고, 특공여단장님. 바쁘십니까?"

─당연히 바쁘지. 우리가 뭐 공병단처럼 한가한 부대인 줄 아냐?

"꼭 공부 못 하는 애들이 바쁘기는 엄청 바쁘더라."

─비아냥은…… 그래서 왜 전화했는데?

"전군 축구 대회 하는 거 알지?"

─알지.

"준비 많이 했나?"

─뭐야, 설마 공병단도 축구 대회 준비하냐? 어휴, 얼마나 자신이 없으면 축구를 준비씩이나 하냐?

"그럼 자신 있겠네?"

─뭐?

"공문 아직 안 봤냐? 너희 우리랑 붙어. 그러니까 바짝 준비해야 될 거다. 혹한기에 이어 축구까지 쭉 당하기 싫으면. 그럼

로켓부터
장군까지

3일 뒤에 보자."

―뭐라고? 우리가 너네랑 붙는다고?

그러나 이원영은 대답 대신 그대로 전화를 끊어 버렸다.

그리고 세상에서 가장 시원한 표정으로 환하게 웃었다.

전화를 끊은 이원영이 물었다.

"들었지?"

"예, 들었습니다."

"애들한테 전파해, 패배하면 알아서 하라고."

"예, 패배하면 죽는다고 전파해 두겠습니다."

"후후, 이 기회에 그놈 콧대를 아주 눌러 놔야겠구만. 명심
해, 다른 부대한테는 져도 되지만 특공한테 만큼은 절대로 지면
안 돼. 아니, 이겨도 어설프게 이기지 말고 아주 확실하게 눌러
버려."

"예, 알겠습니다."

이원영의 입장에선 아주 좋은 기회였다.

혹한기에 이어 축구까지 제대로 밟아 놓으면 두 번 다시 까
불지 못할 걸 아니까.

그렇기에 대한도 현정국에게 바로 전달했다.

"확실하게라…… 컨디션 조절을 잘해야겠네."

"예, 맞습니다. 대대 병력들한테는 제가 따로 말해 두겠습니
다."

"아니, 내가 잘해야 할 것 같다고."

"아……."

이 정도 착각이면 거의 예술이 아닐까 싶다.

현정국은 우종혁이 본인을 후보 취급한 걸 진지하게 받아들이지 않았다.

그저 양준규의 기를 살려 주기 위함이라 생각했고 우종혁이 없을 때는 무조건 본인이 공격수를 하고 있었다.

'특공이랑 붙을 때도 이러면 곤란한데…….'

다른 것도 아니고 한일전급 경기였다.

대한은 잠시 고민하더니 좋은 생각이 떠올라 휴대폰을 들었다.

"감독님, 대한입니다. 통화 괜찮으십니까?"

─예, 구단주님. 무슨 일이십니까?

"하하, 제가 무슨 구단주입니까. 그보다 혹시 3일 뒤에 바쁘십니까?"

─3일 뒤면 대회 전날이네요. 아마 학교에서 준비하고 있을 겁니다. 왜요?

쓥.

하필이면 대회 전날이라니.

대한은 잠시 고민됐지만 그래도 부대의 운명이 더 중요하기에 눈 딱 감고 이번만 부탁하기로 했다.

"그…… 바쁘시겠지만 혹시 일정 괜찮으시면 오전에 감독 한 번만 해 주실 수 있으십니까? 부담스러우면 거절하셔도 괜찮습니다."

─추석 때 말고요?

"예, 추석 때도 필요하긴 한데 저희에겐 한일전만큼이나 중요한 경기라…… 혹시 힘드실까요?"

우종혁은 잠시 고민하더니 이내 흔쾌히 답했다.

─좋습니다. 대회 전에 몸 푼다 생각하고 한번 해 보죠.

"아, 정말 감사합니다. 감독님."

─감사는 무슨. 이제 공병단도 내 제자나 마찬가진데요, 뭐. 시간이랑 주소만 문자로 보내 주시죠.

"예, 알겠습니다. 그럼 3일 뒤에 뵙겠습니다."

─예, 그보다 훈련은 잘하고 있죠?

"어렵긴 한데 준규가 잘 가르쳐 주고 있습니다."

─하하, 그럼 오늘까지만 하고 나머지 이틀은 가볍게 러닝만 하세요.

"예, 그렇게 전달하겠습니다."

─예, 그럼 3일 뒤에 봅시다.

역시 우종혁.

그는 본인이 없는 빈자리를 양준규를 통해 십분 활용했다.

그래도 다행인 건 양준규도 싫지 않은 듯 곧잘 수행하고 있다는 것.

이렇게 보니 포지션이 정말 감독과 코치 같았다.

'좋아, 이렇게 되면 감독님이 알아서 현정국을 빼 주겠지.'

일부러 현정국에 대한 이야기는 안 했다.

굳이 안 해도 알아서 처리해 줄 것을 알았으니까.

대한은 양준규에게 우종혁한테 들은 것들을 전달해 준 뒤 남은 기간 동안 열심히 훈련했다.

그리고 3일 뒤, 공병단은 결전의 그날을 위해 영천에 있는 한 축구장으로 이동했다.

구장은 잔디 구장이었다.

그것을 본 대한은 생각했다.

'국방부에서 공문을 늦게 전달한 이유도 잔디 구장을 섭외하는 것 때문이라 했지.'

덕분에 경기 3일 전에 통보받듯 받긴 했지만 아무럼 상관없었다.

잠시 후, 구장에 도착했고 특공여단 선수들이 먼저 도착해 몸을 풀고 있었다.

창밖을 보던 이영훈이 말했다.

"이야…… 우리도 빨리 온 건데 저쪽은 더 일찍 왔네."

"많이 이기고 싶나 봅니다."

"큭큭, 몸 일찍 푼다고 이길 것 같으면 어제 나왔어야 하는 거 아니냐?"

"그러니 말입니다. 괜히 일찍 와서 패배하고 가면 속만 더 쓰릴 텐데."

두 사람이 떠드는 것도 잠시, 곧 버스가 멈춰 섰고 공병단 인원들이 차례대로 버스에서 내렸다.

이번엔 정식 대회였기에 지휘관들도 다 참석을 했고 이원영은 버스에서 내리자마자 홍택수를 찾았다.

홍택수는 특공여단의 축구 대표들에게 열정적으로 뭔가를 알려 주고 있었는데 그 모습을 본 이원영이 피식 웃으며 다가갔다.

"열정 봐라. 뭘 이렇게 일찍 왔어?"

"군인이 미리미리 도착해야지."

"그러다 애들 지칠라."

"이런 걸로 지칠 애들은 진작에 안 뽑았다."

"그래도 병사들 생각해서 좀 천천히 나오지 그랬냐. 밥은 제대로 먹었고?"

"안 그래도 내가 천천히 나오자고 했는데 병력들이 빨리 이겨 주고 싶어서 안달이 났는지 나한테 따로 건의하더라고."

"건의? 무슨 건의?"

"어, 조기 기상해서 경기장 가고 싶으니 밥은 나한테 따로 좀 사 달라고 그러더라."

이원영이 피식 웃으며 홍택수의 말을 받아쳤다.

"야. 네가 그런 건의도 받아 주냐?"

"병력들이 건의하는 건데 다 받아 줘야지."

"그렇구나. 아, 우리 부대 중위 하나가 그러더라, 일찍 나온다고 이길 것 같으면 어제 나왔어야 하는 거 아니냐고."

"……중위면 김대한이?"

그 말에 대한이 번개같이 반응했다.

아니, 잠깐만요. 내가 언제요?

그거 이영훈이 한 건데…….

물론 이원영도 안다.

하지만 홍택수가 이영훈을 기억이나 할까?

홍택수는 휘둥그레 커진 눈으로 대한을 잠시 보았으나 이내 혹한기 때의 기억이 떠올랐는지 다른 곳으로 시선을 옮기며 말했다.

"쯧…… 저놈은 어디 다른 부대 안 가나?"

"이제 갓 중위 달았는데 어딜 가? 가도 우리가 먼저 가지."

"젠장……."

기선 제압에 성공한 이원영이 껄껄 웃으며 홍택수와 함께 흡연장으로 이동한다.

그 뒷모습을 지켜보던 대한이 이영훈에게 말했다.

"중대장님, 모른 척 하시기 있습니까?"

"에이, 단장님께서 네가 한 거라 하면 네가 한 거지."

"어째 갈수록 제 편이 없어지는 것 같습니다."

"같은 편이 왜 없어? 내가 있잖아."

"내부의 적이 제일 무섭다고 중대장님이 제일 적 같습니다만……."

이윽고 양준규의 지시에 따라 공병단 선수들이 몸을 풀기 시작했다.

그리고 선수들 몸이 거의 풀어질 때쯤 우종혁이 도착했고.

현정국이 우종혁을 발견하고는 대한에게 물었다.

"대한아, 저분이 왜 여기 계시냐?"

"시간 괜찮다고 하셔서 특별히 초빙했습니다."

"······뭐?"

"사실상 추석 때 있을 경기보다 이번 경기가 저희한테 더 중요하지 않습니까. 그래서 일부러 연락드렸습니다."

"그, 그렇구나······ 근데 나한텐 왜 말 안 했냐?"

"안 드리려고 안 드린 게 아니라······ 엇, 단장님 오시는데 얼른 감독님 소개해 드려야 할 것 같습니다."

물 흐르듯 자연스러운 질문 회피.

대한은 현정국의 질문을 가볍게 피하고는 우종혁에게 달려갔다.

그리고 이원영에게 우종혁을 소개해 주었고 우종혁은 이원영과 기분 좋게 인사를 나눈 뒤 자연스럽게 팀에 합류했다.

우종혁이 대한과 현정국을 보며 물었다.

"다들 컨디션은 좀 어떻습니까."

"최고입니다."

"그럼 선발 명단은 바꿀 필요도 없겠네요. 준비하시죠. 교체 선수는 경기 상황 보고 알아서 교체할 테니."

그 말에 대한이 속으로 웃었다.

우종혁이 말하는 선발 명단에 현정국은 당연히 제외였다.

그래서일까?

첫 경기 선발에서 제외된 걸 알게 된 현정국은 속이 쓰렸는지 아예 신고 있던 축구화 자체를 벗어 버리고 대기했다.

'아마 다시 신을 일은 없을 거다.'

원하는 대로 현정국이 빠졌다.

그러니 남은 건 우종혁 감독 아래 최선을 다하는 것뿐.

이내 경기가 시작되었다.

특공여단은 특유의 강인한 체력을 앞세워 전원 공격을 했다.

이에 공병단은 어쩔 수 없이 수비적인 플레이를 할 수밖에 없었고 밖에서 지켜보던 홍택수가 잔뜩 신이 난 목소리로 응원했다.

"그래! 초반에 끝내 버려! 잘한다!"

이원영은 팔짱을 낀 채 잠자코 경기를 보다 우종혁에게 슬쩍 다가가 조심스레 물었다.

"저희 애들 실력 좋다고 하지 않았습니까?"

"예, 좋습니다."

"근데 너무 밀리는 거 아닙니까?"

"저렇게 공격을 퍼붓는데 당연히 밀려야죠."

"……그럼 따로 지시라도 내려야 하지 않습니까?"

"아닙니다. 지금은 그냥 구경할 타이밍입니다. 걱정하지 마십쇼. 저런 허접한 공격에 뚫릴 애들 아닙니다."

사실이었다.

공병단 선수들은 밀리는 듯 보였으나 막상 슈팅은 하나도 내어 주지 않고 있었다.

게다가 꽤 뛰어다니는 것치고 호흡 또한 멀쩡했다.

모든 게 다 특훈의 결과였다.

'역시 강팀이랑 연습하길 잘했어.'

대학교 선수들을 상대하다 보니 이런 비선수 출신들의 공격에는 여유가 있었다.

그렇기에 공격만 당하기도 잠시, 이윽고 공 소유권이 대한에게로 넘어 왔고 대한은 양준규를 찾아 바로 공을 찼다.

뻥!

전방으로 날아가는 공.

그것을 본 양준규가 질주하기 시작한다.

그리고 자연스럽게 공을 받아 단 한 번의 터치 끝에 바로 슈팅을 때렸다.

철썩!

양준규가 찬 공이 그대로 골 망을 흔들었다.

단 한 번의 슈팅으로 득점을 만들어 낸 양준규는 곧장 이원영의 앞으로 달려가 칼 같은 경례 골 세리머니를 올렸다.

그 모습에 흥분한 이원영이 두 팔을 들며 양준규에게 달려가려 했으나 우종혁이 얼른 제지했다.

"앉아서 당연하다는 듯이 박수만 치는 게 제일 멋있습니다."

"오…… 알겠습니다."

우종혁의 말대로 점잖게 웃으며 경례만 받아 주는 이원영.

그런 다음 조용해진 홍택수를 보며 말했다.

"봤나?"

목소리 높던 홍택수가 거짓말처럼 조용해졌다.

시선은 경기장에만 고정된 채로.

그렇게 90분이 모두 흘렀고 특공여단은 경기가 끝남과 동시에 얼른 경기장을 떠났다.

이원영이 인사도 안 하고 떠나는 홍택수의 뒷모습을 보며 킬킬 웃은 뒤 대한에게 말했다.

"대한아, 경기 결과 보고해라. 식당은 내가 알아보고 있으마."

"예. 알겠습니다."

대한은 휴대폰을 들고 공문에 기재되어 있는 곳으로 전화를 했다.

그리고 결과를 전달했고 종합을 받던 인원이 경기 결과에 자신의 귀를 의심하며 몇 번이나 되물었다.

'나 같아도 못 믿겠다.'

대한은 미소를 잔뜩 머금은 채 친절히 답해 주었고 이내 전화를 끊고 버스에 오르려 했다.

그때, 추지훈에게 전화가 걸려 왔다.

"충성!"

─야, 이거 진짜야?

추지훈은 다짜고짜 진짜냐 물어 왔고 대한이 담백하게 웃으며 답했다.

"예, 진짜입니다."

─진짜 17 대 0이 확실해?

"제가 어떻게 감히 기획관님께 거짓말을 하겠습니까. 예, 확실합니다."

─이런 미친…… 이게 무슨 말도 안 되는…….

그래.

17 대 0이면 말도 안 되는 점수 차긴 하지.

근데 실화였다.

대한이 웃으며 말했다.

"기획관님이 특공여단이랑 붙여 주셔서 특별히 더 열심히 해봤습니다."

그 말에 추지훈은 뜨끔했는지 헛기침을 했다.

─흠흠…… 이러나저러나 특공여단은 기회를 하나도 못 살리는구나. 무튼 더운데 고생 많았다. 그럼 추석 때 볼 수 있는 거냐?

"보실 수 있도록 최선을 다해 보겠습니다."

─그래. 2작전사에서 특공여단이 제일 축구 잘한다고 했으니

까 쉽게 올라오겠네.

이게 제일 잘하는 거라고?

이럴 줄 알았으면 연습을 좀 덜 할 걸 그랬네.

대한은 추지훈과의 전화를 끊고 버스에 탑승했다.

그리고 이원영은 대한이 탑승하자마자 공병단 선수 모두에게 휴가 3일을 부여하며 지휘관다운 축하를 했다.

✳

그날 밤.

대한은 이원영의 호출에 관사로 향했다.

오늘 고생했다며 박희재와 술이나 한잔하자고 부른 거였다.

그런데 막상 관사에 가니 생각지도 못한 인물이 있었다.

홍택수 여단장이었다.

"충성!"

"어, 왔냐. 편하게 앉아, 편하게."

홍택수를 본 대한은 긴장하기 시작했다.

경기 결과도 그렇고 경기 시작 전에 이원영이 자신을 팔아던진 도발도 그렇고 여러모로 찔리는 게 많았기 때문. 게다가 홍택수는 얼큰하게 취해 있었는데 그래서 더 긴장이 되었다.

대한의 긴장된 모습에 박희재가 웃으며 말했다.

"뭔 말을 했길래 애가 이렇게 긴장을 해?"

"크큭, 내가 낮에 장난을 좀 쳤거든. 그보다 대한아, 잘 왔다. 여기 이 친구가 널 어찌나 보고 싶어 하는지. 그래서 불렀다."

"아…… 그렇습니까."

편한 복장에 얼큰하게 취한 홍택수.

동네 아저씨 같지만 특공여단장이라는 걸 알기에 대한은 더 더욱 긴장했다.

이윽고 홍택수가 대한을 보며 말했다.

"어이."

"중위 김대한!"

"이제 와서 관등성명은 무슨…… 편하게 해."

"하하…… 네, 알겠습니다."

"얼레? 편하게 하랜다고 진짜 편하게 하네?"

"아, 아닙니다!"

"농담이야, 짜샤. 내가 너 때문에 진짜……."

푸~ 한숨을 내쉬며 다시 맥주를 마시는 홍택수.

그러더니 맥주 캔을 든 채 대한을 가리키며 말했다.

"너 인마, 내가 너 때문에라도 이제 영천 방향으로는 오줌도 안 눌 거야, 알아?"

"죄, 죄송합니다."

"뭐가 죄송한데?"

"그, 그게……."

대한은 얼른 이원영과 박희재에게 눈빛으로 도움을 청했다.

그러자 이원영이 크크 웃으며 말했다.

"농담인 거 알지, 대한아? 근데 널 부른 건 정말로 우리가 아니라 이쪽이야."

"여단장님이 말씀이십니까?"

"어, 조만간 다른 부대 가거든. 그래서 다른 부대 가기 전에 너 얼굴 한번 보고 싶다고 해서 불렀다."

"아, 여단장님은 벌써 부대이동 하십니까?"

"그래, 너 때문에 쫓겨났다."

이원영에게 물었으나 홍택수가 대신 대답했다.

그 말에 대한은 식은땀을 흘리기 시작했다.

'설마 혹한기에 이어 축구 때문에?'

정말 그것 때문이라고?

말도 안 된다고 생각했다.

그때, 이원영이 재밌다는 듯 웃으며 말했다.

"크크, 쫓겨나서 국방부 가는 거면 나도 좀 쫓겨나 보자."

아, 뭐야. 진짜 줄 알았더니 장난이었잖아.

평소라면 한 귀로 듣고 한 귀로 흘릴 농이었으나 상황이 상황이다 보니 가슴을 쓸어내릴 수밖에 없었다.

그렇기에 대한은 그제서야 마음 편하게 대화에 참여할 수 있었다.

"국방부 가십니까?"

"그래, 갑자기 공석이 나서 기획관님이 끌어당기셨다. 우리 부대 옆에 있다가 더 쪽팔리지 말고 올라오라고 하셨다네."

좌천이 아니라 정말 다행이었다.

그도 그럴 게 국방부에 한직은 없었으니까.

"다행입니다. 어디로 가십니까?"

"장관 정책 관리 담당관으로."

"와⋯⋯."

자리를 듣자마자 진심으로 감탄했다.

자리가 나도 하필 저런 자리가 나다니.

대한의 반응에 박희재가 피식 웃으며 물었다.

"이놈 보게, 넌 거기가 뭐 하는 곳인 줄은 알고 감탄하냐?"

"아, 예. 자세하게는 아니지만 어떤 자리인 줄은 얼추 알고 있습니다."

"그래? 생각보다 자리에 관심이 많네? 최소 중령이나 돼야 관심 가질 줄 알았더니."

원래 그런 자리 이야기는 진급 못 하는 애들끼리 제일 많이 나눈다. 그리고 대한은 전생에 지지리도 진급 못 하는 만년 대위였고.

그렇기에 대한은 그 자리가 어떤 자리인지 잘 알았다.

'거긴 준장 진급 루트 중에 하나지.'

홍택수가 갈 장관 정책관리 담당관은 장관 수행은 물론 업무 보좌, 정책보좌 등을 수행한다.

그렇기에 주로 육사 출신들이 가는 자리이며 군 생활을 하며 정책통 혹은 작전통이 갈 수 있는 요직 중 하나였다.

'특공여단장이면 작전 쪽이겠네.'

홍택수의 자력을 자세히 알지는 못한다.

하지만 그도 육사 출신의 엘리트.

저런 요직에 갈 자력은 충분할 것이었다.

하나 문제가 하나 있다면 저 자리는 루트 중에 하나일 뿐이지 곧장 준장까지 진급하는 자리는 아닌 것.

'보통은 장관 정책관리 담당관으로서 완벽하게 임무 수행을 한 다음 더 주요한 참모 직책으로 이동한 뒤에나 준장으로 진급하지.'

그게 일반적이었다.

그러니 저 자리로 가면 최소 1년은 그곳에서 버텨야 했다.

그리고 그 1년 동안 홍택수를 당겨 준 추지훈은 다른 곳으로 간다.

'진짜 잘해야겠네.'

아마 홍택수를 당겨 준 추지훈도 고민을 많이 했을 것이다.

여기서 자리를 못 잡고 미끄러진다면 대령으로 군복을 벗는 건 확정이었으니까. 그럼에도 불구하고 홍택수를 부른 걸 보면 그럴 깜냥이 되어 보여서 당긴 거겠지.

대한이 홍택수를 보며 말했다.

"축하드립니다."

"축하는 무슨…… 고생길 활짝 폈다. 폈어."

"그래도 보상이 확실하지 않습니까."

"뭐 진급?"

"예, 기수 중에 1번이시지 않습니까?"

홍택수가 기수 1번이라는 말에 웃음을 터트렸다.

"내가 확실히 군 생활을 오래하긴 했나 보다. 생도 시절부터 지금까지 상상도 안 해 봤던 소리를 다 들어 보네."

그러자 이원영이 말했다.

"야, 그 자리 가서 진급 못 하면 쪽팔린 거야. 동기들 중에 그 자리 못 가서 안달 난 놈들이 얼마나 많은데."

"너까지 왜 그러냐? 1번으로 진급하면 제일 먼저 군복 벗는다는 거 잊어버렸냐."

"군 생활 오래해서 뭐 하게? 장군 달아 봤으면 됐지."

"어휴, 너희는 진급 상한선이 소장이니까 그런 소리 하는 거지."

"……지금 공병 무시하냐?"

홍택수의 말에 대한은 물론이고 이원영과 박희재가 말없이 그를 쳐다봤다.

그러자 홍택수도 아차 싶었는지 얼른 손을 저으며 말했다.

"자, 잠깐. 그런 게 아니라……."

"택수야, 난 너 그렇게 안 봤는데 실망이다."

"그러니까 말이야. 지금 파릇파릇한 중위도 있는 자리에서 뭐가 어쩌고 어째?"

뭐, 틀린 말은 아니었다.

지금이야 공병에 소장이 있지만 나중에는 준장이 최고 계급이라고 할 정도로 소장 진급이 나오지 않았으니까.

하지만 뚱뚱한 사람한테 돼지라고 하면 안 되듯 어떻게 공병한테 그런 말을…….

홍택수는 혼신을 다해 사과했고 홍택수의 사과를 들은 두 사람은 그제서야 피식 웃으며 말했다.

"하마터면 시멘트 꺼낼 뻔했네. 그래도 오늘 경기 졌으니까 한번 봐준다."

"그래, 혹한기도 졌는데 한번 봐주자."

"……이익."

이를 무는 홍택수.

그러더니 헛기침을 하며 화제를 돌렸다.

"그나저나 넌 어디로 가냐?"

질문받은 사람은 이원영이었다.

그 물음에 이원영이 잠시 고민하더니 대답했다.

"흠, 글쎄다. 오라는 곳이 몇 곳 있긴 한데 아직 고민 중이다."

"야, 그런 고민을 아직도 안 털어놨어? 얼른 털어봐 봐. 우리가 같이 고민해 줄 테니까."

"어휴, 공병 무시하시던 분이 뭘 아시겠습니까."

"아, 진짜 그런 거 아니라니까 그러네."

이러다 특공여단장 잡겠네.

대한이 상황도 정리할 겸 웃으며 물었다.

"어디 고민 중이십니까?"

"육본이랑 한빛부대 정도가 골라서 갈 수 있는 곳 같다."

"와……."

앓는 소리 하는 것치곤 이 양반도 엄청나네.

육본이야말로 군 생활을 하는 장교들이 가고 싶어 안달 난 곳들 중 하나였으니까.

물론 업무가 힘들다곤 하지만 그래도 진급 자체는 확실했다.

'버티기만 하면 다음 계급으로 진급은 확정이지.'

그리고 한빛부대도 파병부대로 이원영이 간다면 부대장으로 가는 것일 터.

그러니 더 좋았다.

해외 파병부대의 지휘관이라면 전 세계의 인정을 받을 수 있는 자리였으니까.

'나라면 무조건 한빛부대장으로 간다.'

대한뿐만 아니라 그 누구라도 그렇게 할 것이다.

대한이 이원영에게 조심스럽게 물었다.

"혹시 두 곳 중에 고민하시는 이유가 국내를 오래 떠나야 하는 것 때문에 그러시는 겁니까?"

"……그렇지. 군인이 뭐 지역 따지나 싶지만 해외는 좀 다르잖아."

직접 말은 하지 않았지만 아무래도 아내 때문인 것 같았다.

대한도 그의 심정을 이해하기에 고개를 끄덕이며 말했다.

"전시 상황도 아닌데 군인이라고 마냥 희생할 필요는 없지 않겠습니까. 육본도 좋은 곳인데 편하게 생각하셨으면 좋겠습니다."

"하하, 조금 전까지만 해도 편하게 생각하고 있었는데 네가 말한 기수 1번이라는 소리가 팍 가슴을 찌르네?"

아, 그 얘기가 갑자기 왜 나와?

이원영의 농담에 박희재가 웃으며 말했다.

"그러면 안 되지. 그럼 괜한 고민을 하게 만든 놈한테 책임을 떠넘겨 버려."

"그럴까?"

"그래, 대한이가 너 대신 잘 챙겨 주겠지. 이미 밥도 몇 번이나 먹은 사인데. 대한아, 안 그러냐?"

박희재가 음흉한 표정으로 대한을 바라봤고 대한은 그의 질문에 머리가 복잡해졌다.

여기서 안 챙겨 주겠다고 하는 것도 이상했으니까.

그렇다고 챙겨 준다는 것도 이상했다.

대한이 조용히 한숨을 내쉬며 말했다.

"후…… 예, 뭐, 외부 병력 관리한다고 생각하겠습니다."

"큭큭, 하여튼 인사과장 아니랄까 봐. 그럼 널 믿고 결정해도 되겠냐?"

"예, 대신 꼭 좋은 성과 가지고 오셔야 합니다."

"까마득한 후배가 이렇게 도와주는데 성과 못 내면 옷 벗어야지."

그 말과 함께 이원영이 홍택수를 바라본다.

그런데 홍택수를 바라보는 이원영의 눈빛에 경쟁심이 가득했다.

그래. 이러나저러나 저 양반도 투심(鬪心) 가득한 군인이었지.

그러자 홍택수가 고개를 내저으며 말했다.

"뭐 다 농담이겠지만 살다 살다 진급하려고 부하한테 가족까지 맡기는 놈은 또 처음 보네. 그리고 그걸 맡아 준다고 한 놈도 대단하고. 참 대단하다, 대단해."

그 말에 얼른 대한이 대답했다.

"공병만의 끈끈한 전우애라 생각해 주십쇼. 이 전우애 덕에 특공여단을 이길 수 있었던 겁니다."

"그래, 좋겠다. 좋겠어."

홍택수는 공병단을 놀리면서도 한편으로는 부러운 마음도 들었다. 그도 그럴 것이 본인은 농담으로라도 저런 말을 할 전우가 없었으니까.

이어 이원영이 대한에게 물었다.

"그나저나 넌 다음 보직이 어떻게 되냐?"

그 말에 박희재가 대신 대답했다.

"다음 보직은 무슨, 애 중위야. 앞으로 2년은 이 부대에 더 있을 수 있는데 다음 보직은 무슨."

"그래도 누가 데리고 갈 수도 있잖아."

"그럴 일 없다. 이상한 곳으로 가는 거면 내가 최선을 다해 막을 테니까."

아마 질문한 의도 자체는 한빛부대에 다녀온 뒤 대한을 챙겨 주기 위함인 듯 했다.

그렇기에 대한은 그저 미소 지으며 가만히 있었다.

이럴 땐 가만히 있는 게 상책이니까.

뭐, 물론 챙김을 받는다면 이왕이면 대위 진급 이후였으면 했다. 그도 그럴 게 대한은 현재의 여유로운 생활이 참 좋았으니까.

'이런 여유는 아마 내 인생에 다시없겠지.'

일이 많아 정신이 좀 없긴 했지만 그래도 퇴근하고 치킨이라도 시켜 먹을 수 있는 곳에서 근무할 수 있다는 게 어찌나 큰 축복인지.

그뿐일까?

심지어 여긴 마음만 먹으면 가족도 바로 보러 갈 수도 있다.

그렇기에 대한은 이원영이 딱 대위 진급 시기에 맞춰 돌아왔으면 했다.

'그래야 내가 덕을 좀 보지.'

그때, 이원영이 대한에게 물었다.

"좋아, 보직은 그렇다 치고. 그럼 넌 내년에는 단으로 올라갈 거냐?"

그 물음에 모두의 시선…….

특히 박희재가 대한을 뚫어져라 쳐다보기 시작했다.

흠흠. 이 양반은 대대장도 있는데 그런 걸 다 묻고 그래?

그래도 단장이 물으니 대답은 해야겠지.

대한이 박희재의 눈치를 보며 대답했다.

"그…… 대대장님께서 보내 주시면 가겠지만 일단 후임 단장 님께서 불러 주셔야 가는 거 아니겠습니까. 그리고 장기도 선 발되어야 내년까지 군 생활을 할 수 있습니다."

그 말에 의외로 홍택수가 깜짝 놀라며 물었다.

"이게 무슨 말이야? 너 장기복무자 아니야?"

"예, 아직 아닙니다."

"와…… 그럼 난 내년에 군복 벗을 수도 있는 애한테 이렇게 당한 거야?"

그러자 이원영이 피식 웃으며 답했다.

"장기는 무조건 될 거다. 안 되면 내가 심사한 사람들 찾아가 서 제대로 따질 거니까 걱정하지 마라."

든든하네.

그래도 조금 불안하긴 했다.

그도 그럴 것이 이원영은 조만간 부대를 떠나야 했으니까.

'그렇게 되면 후임 단장이 지휘 추천을 할 텐데 막상 그 사람 이 날 마음에 안 들어 할 수도 있으니까.'

대한은 문득 전생에 겪었던 아픈 기억들이 떠올랐다.

매번 중요할 때 생긴 변화들로 소령에 진급하지 못했던 그런 기억들.

그때, 이원영이 대한의 표정을 읽은 건지 웃으며 말했다.

"후임 단장이 안 불러 주면 나한테 전화해라. 그럼 내가 좋은 자리 알아봐 줄 테니까."

"예, 알겠습니다."

대한의 대답을 들은 이원영이 박희재에게 물었다.

"너도 불만 없지?"

"당연하지. 대대 인사과장 2년 시킬 생각은 없어. 후임 단장이 대한이를 인정 안 해 준다면 바로 다른 곳 보내 줘야지."

참. 장난기는 많아도 이럴 때 보면 세상에서 가장 든든하단 말이야.

대한은 이후로도 약 한두 시간가량 시답잖은 이야기를 들어 주다 숙소로 복귀했다.

※

며칠 뒤.

2작전사 지역의 1등을 결정짓는 결승전이 시작됐다.

공병단은 승리가 당연하다는 듯 여태 단 한 번의 실점도 없이 결승까지 올라왔고 이는 상대도 마찬가지였다.

상대팀은 대한과 인연이 있는 50사단인데 들어 보니 선수 출신 병사들이 많다고 했다.

'그래도 걱정은 안 된다.'

선수 출신이라면 우리도 있었으니까.

대한과 이영훈은 운동장으로 들어오는 50사단의 병력들을 살폈고 병력들을 살피던 이영훈이 말했다.

"확실히 몸이 좋네."

"선수 티가 납니다."

"후…… 이젠 더 까질 무릎도 없는데 큰일이네."

대한과 이영훈의 다리 상태는 심각했다.

배운 게 도둑질이라고 태클 수비가 그들의 장기였으니까.

그렇기에 더더욱 의지를 불태웠다.

'이번 경기만 이기면 며칠 푹 쉴 수 있다.'

여기까지 왔는데 지역 2등이라는 결과로 마무리 짓고 싶지 않았다.

아쉬워하며 쉴 바엔 기뻐하며 쉬고 싶었으니까.

그때, 이원영이 대한에게 다가와 말했다.

"대한아, 사단장님이 찾으신다."

"저를 말씀이십니까?"

"어, 너 알고 계시던데?"

사단장이 날 어떻게 아는 거지?

지금 사단장은 엄두호가 떠나고 다른 사람이 후임으로 와 있을 텐데?

그래도 별로 긴장되진 않았다.

국방부에서 사단장보다 더 높은 양반들도 보고 왔는데 그깟 사단장이 대수일까.

대한은 이원영을 따라 주차장으로 이동했고 얼마 뒤, 엄두호의 후임 사단장인 나길준 소장을 볼 수 있었다.

나길준을 본 대한이 경례했다.

"충! 성!"

"어, 네가 김 중위구나. 반갑다. 50사단장이다."

"중위 김대한! 반갑습니다!"

나길준이 악수를 청하며 말했다.

"전임 사단장님께서 꼭 만나 보라 하셔서 한번 불러 봤다."

아, 왜 불렀나 했더니 그런 사연이 있었구만?

대한이 어색하게 웃으며 답했다.

"하하, 감사합니다. 아무래도 엄 장군님께서 좋게 봐주신 것 같습니다."

"좋게 정도가 아니지. 후방 사단장에서 바로 진급하고 싶으면 널 꼭 잡으라고 하시던데?"

"그, 그렇습니까?"

"그래서 말인데, 너 50사단으로 와라."

엥? 갑자기?

그 말에 놀란 건 대한뿐만이 아니었다.

로또부터
장군까지

이원영도 적잖게 당황했다.

하지만 상대는 사단장.

이원영이 어찌할 수 있는 상대가 아니었다.

대한이 표정 관리를 하며 물었다.

"하하…… 말씀은 감사하지만 제가 가 봤자 사단장님께 큰 도움을 드리진 못할 것 같습니다."

"너도 그렇게 생각하냐? 나도 그렇게 생각하고 엄 장군님한 테 답변했었는데 엄 장군님은 절대 아니라고 하시더라."

"하하, 아닙니다."

"아니긴…… 찾아보니까 중, 소위치고는 대단…… 아니, 아주 날라다녔던데? 겸손한 것도 좋지만 상급자가 인정해 줄 땐 받아들일 줄도 알아야지."

"그렇긴 하지만…… 근데 제가 갈 자리도 없지 않습니까?"

"하하, 자리야 만들기 나름 아니겠냐. 너한테 이 이야기하려 고 오늘 일부러 부관도 대동하지 않고 왔다. 그런 의미에서 부 관 자리는 어떠냐?"

"……그 부관 자리는 엄 장군님이 제안해 주셨을 때도 거절 했었습니다. 혹시 그 이야기는 안 해 주셨습니까?"

중위 주제에 말대답한다고 할 수도 있겠지만 대한은 필사적 이었다.

그래서 엄두호 이름까지 팔았다.

하지만 나길준은 좀처럼 포기를 몰랐다.

"이미 다 들었지. 그래도 그때랑 상황이 달라졌지 않냐. 계급이 바뀐 만큼 혹시라도 생각이 바뀌었을지도 모른다고 생각했다."

하…… 이 양반 보게.

이를 어쩌지?

만약 대한이 인사과장을 못 했다면 부관 자리를 탐냈을 수도 있을 것 같았다.

하지만 이미 원하는 대로 다 된 상황에 굳이?

그리고 부관으로 갈 거였으면 다른 장군들이 호출했을 때 진작에 갔을 것이다.

게다가 무엇보다도…….

'내가 당신에 대해 너무 몰라.'

회귀자 입장에서 정보도 없는 곳에 굳이 모험을 해 가며 가고 싶진 않았다.

그렇기에 한 번 더 거절했다.

"제안은 너무 감사하지만 전 여전히 생각이 바뀌지 않았고 부관 자리도 생각이 없습니다."

"흠…… 그럼 부관 말고 다른 자리를 알아봐야겠구만."

"다, 다른 자리도 괜찮습니다. 전 현 부대에 굉장히 만족하고 있습니다."

"그래?"

"예, 그렇습니다."

그 말에 나길준이 미간을 좁히며 말했다.

"근데 이게 나 좋자고 하는 일이 아니란 걸 알 텐데? 장군이랑 같이 일할 수 있는 기회가 그리 쉽게 막 오는 게 아니야."

그건 나도 잘 알지.

하지만 대한에게는 해당되지 않는 것이었다.

나길준의 끈질긴 제안에 대한은 한숨을 삼켰다.

그러자 나길준이 이번엔 이원영에게로 시선을 옮겨 물었다.

"단장, 자네가 이야기해 봐. 아직 초급 간부라 잘 모르는 것 같은데."

그러자 이원영이 잠시 고민하더니 목소리에 힘을 주고 대답했다.

"하하…… 죄송하지만 김 중위가 거절하는 거라면 저도 시킬 생각이 없습니다."

"뭐?"

"직속상관으로서 부하의 의견을 존중해 주고 싶습니다. 사단장님."

이원영은 지휘 체계를 언급하며 대한을 더 이상 넘보지 말라고 선을 그었다.

그게 이원영이 할 수 있는 최선이었다.

그래서일까?

대한은 적잖게 놀라며 이원영을 흘끔 보았다.

그러나 이원영의 표정은 단호했다.

미치겠네.

가시방석이었다.

상대는 사단장.

아무리 국방부의 높은 사람들을 보고 왔다고 해도 당장 그에게 위협이 되는 건 눈앞의 사단장이었다.

특히 장군 진급을 앞둔 그가 이런 식으로 잘못 밉보였다간 선배 장군들에게 나쁜 소문이 돌아 찍힐 수도 있다.

'당신이 진급 못 하는 건 나한테도 큰 손해라고.'

대한은 나길준의 눈치를 살폈다.

나길준은 하급자들에게 이런 대우를 받을 줄은 상상도 못 했는지 많이 당황한 것 같았다.

그렇기에 대한이 서둘러 입을 열었다.

"저 사단장님. 제가 감히 제안 하나 드려도 되겠습니까?"

"……어, 해 봐라."

"생각해 보니 사단장님의 제안이 좋은 것 같기도 한 것 같습니다."

대한의 말에 그제서야 나길준의 표정이 풀어졌다.

"그래, 이제야 말이 좀 통하는구만."

"하지만 아직 확실히 뭐가 좋은지 잘 모르겠습니다."

"뭐, 더 듣고 싶은 이야기라도 있다는 거냐?"

"아, 아닙니다. 다만 제가 현 부대에 남아 있는 것과 사단장님을 따라가는 것 둘 다 괜찮다는 생각이 들어 결정하기가 힘든

로또부터
장군까지

것 같습니다. 그래서 말인데…… 그 결정을 이번 경기 결과에 한번 맡겨 보고 싶습니다."

일단은 자리를 피하는 게 상책이라고 생각했다.

그래서 이런 수를 던진 것.

그러자 나길준의 고개가 기울어졌다.

"지금 축구 경기 한 판에 네 군 생활을 걸겠다는 거냐?"

"그렇게 거창한 건 아니지만 당장 제 자리에 관한 거니까 그 말도 맞는 것 같습니다."

나길준은 대한을 어이없게 바라보고는 이내 웃음을 터트렸다.

"하하, 재밌는 놈이네. 오냐, 우리 사단이 이기면 바로 짐 쌀 준비하거라."

"예, 알겠습니다."

"그래, 공병단에서 마지막 추억 쌓는다 생각하고 얼른 가서 몸 풀어라."

대한과 이원영은 나길준에게 경례를 한 뒤 서둘러 자리를 벗어났다. 그리고 나길준의 시야에서 벗어난 걸 확인하자마자 이원영에게 말했다.

"저…… 단장님?"

"응?"

"그…… 제가 드릴 말씀은 아니긴 한데 좀 전에 사단장한테 한 말씀치고는 좀 위험하지 않았습니까?"

"하하, 왜. 걱정되더냐?"

"예, 저는 상관없지만 단장님은 조심해야 하는 분이시지 않습니까."

적어도 대한은 그렇게 생각했다.

자신은 사단장 하나 등진다고 군 생활이 어떻게 되는 게 아니었으니까.

하지만 이원영은 다르다고 생각했다.

최소 한낱 중위 때문에 이원영이 리스크를 감수할 필요가 전혀 없다는 뜻.

그러나 이원영의 입에서 나온 대답은 전혀 뜻밖의 것이었다.

"내가 저 사단장을 왜 조심해."

"……조심 안 하셔도 됩니까?"

"예의는 차려야 되겠지만 굳이 조심할 필요는 없지. 어차피 내 직속 선배도 아닌데 무슨 상관이야."

"아, 나 장군님 육사 출신 아니십니까?"

"어, 아냐. 학군이시던데?"

"아……."

이건 또 몰랐네.

근데 학군 출신이면 더 대단한 사람 아닌가?

아직은 학군 출신 장군들이 많을 때가 아니었으니까.

'몇 년 뒤에는 대장도 나오지만 지금은 육사가 꽉 잡고 있긴 하니까.'

대한이 의외라는 듯 고개를 끄덕이며 말했다.

"학군이셨구나…… 그나저나 출신 따져 가면서 조심하시는 겁니까?"

아이스 브레이킹을 위한 농담이었다.

대한도 학군 출신이었으니까.

그 말에 이원영이 피식 웃었다.

"뭔가 오해가 좀 있나 본데, 난 출신 차별 같은 건 안 한다."

"방금 한 말씀에는 차별이 가득한 것 같았습니다만?"

"오해야, 인마. 그래도 직속 선배면 좀 귀찮아지니까 신경을 좀 쓸 것 같다고 말한 거다. 그리고 저분이 내 직속 선배였어도 똑같이 말했을 거야. 내가 공병단장으로 지내는 중인데 어딜 감히 내 새끼를 데리고 간단 소리를 해?"

이원영의 대답에 대한이 피식 웃었다.

말은 저렇게 해도 결국엔 대한을 아낀다는 의미였으니까.

그래서일까?

대한은 저항 없이 미소를 지을 수밖에 없었다.

"예, 맞습니다."

"그래. 그런 소리는 최소 나한테 먼저 하고 내 승인이 나야 너한테 할 수 있는 말이지. 나한테는 아까 그냥 네 얼굴 보고 싶다고만 했었다고."

"혹시 먼저 여쭤봤으면 보내실 생각이셨습니까?"

"별로 좋은 자리도 아닌 것 같은데 뭐 하러? 내가 봤을 때 너는 대위 달기 전까지 너희 대대장 밑에서 하고 싶은 대로 하는 게 제일 좋아."

정확한 판단.

대한이 웃으며 말했다.

"예, 시키는 대로 대위까지 공병단에서 열심히 하겠습니다."

"좋아. 그런 의미에서 좀 전에 한 내기는 자신 있나?"

"공병단은 절대로 지지 않습니다."

"저기 선수 출신도 많다던데?"

"그래 봤자 지금은 일개 병사이지 않습니까."

"크크, 그래. 그래야 김대한이지. 그러니까 꼭 이겨라. 사단 장 상대로 거짓말 하면 그땐 나도 몰라."

"예, 일종의 배수진이라고 생각해 주십쇼. 반드시 이기겠습니다."

"좋아, 배수진의 심정이면 모두가 알아야지. 가자, 이번 경기에 네 목이 걸렸다고."

"구, 굳이 말씀이십니까?"

"굳이라니, 당연한 거지. 자, 가자."

"아, 옙!"

두 사람이 서둘러 선수들이 있는 곳으로 향한다.

다음 권으로 이어집니다

로또부터
장군까지

천재 셰프 회귀하다

신사 지음 | 각 권 9,000원

요식업계의 초신성에서 파인다이닝 오너 셰프까지
요리 명장의 인생 플레이팅!

창귀무쌍

송장벌레 지음 | 각 권 9,000원

창 한 자루 들고 회귀한 노병老兵
세상 모든 것이 그를 꺾으려 든다!

빌런 경찰 이진우

이해날 지음 | 각 권 9,000원

전직 회장이 보여 주는 기업사냥의 진수!
작가 이해날의 뒷목 잡는 특제 막장 복수극!

공정거래위원회

현우 지음 | 각 권 9,000원

중소기업 후려치던 인간 탈곡기
공정거래위원회 팀장이 되다!

사령왕 카르나크

임경배 지음 | 각 권 9,000원

인간답게(!) 잘 먹고 잘 살기 위한
사령왕 카르나크의 회귀 개과천선(?)기!

충성! 소위 김대한, 회귀를 명받았습니다!
눈치면 눈치 실력이면 실력
재력까지 모두 갖춘 SSS급 장교가 나타났다!

학군단 출신으로 진급을 꿈꾸는 김대한
거지 같은 상관, 병신 같은 소대원들을 끼고서
열심히 했지만 결국 다섯 번째 진급 심사마저 떨어지고
홧김에 술을 마시고서 만취 후 눈을 뜨는데……

2013년 6월 21일 금요일
오늘 수료일이지? 이따 저녁에 집에서 고기 구워 먹자
삼겹살 사 갈게~^^ -엄마

췌장암 말기로 병원에 있어야 할 어머니의 문자
아니, 12년 전으로 돌아왔다고?

부조리 참교육부터 라인 잘 타는 법까지
경력직 장교가 알려 주는 슬기로운 군 생활!

발행일 2024년 3월 26일

ⓒ 로크미디어
값 9,000원
ISBN 979-11-408-2217-1 (11권)
ISBN 979-11-408-1132-8 (세트)

04810

9 791140 822171

www.rokmedia.com